Bianca

Una esposa díscola
Sabrina Philips

Editado por HARLEQUIN IBÉRICA, S.A.
Núñez de Balboa, 56
28001 Madrid

© 2010 Sabrina Philips. Todos los derechos reservados.
UNA ESPOSA DÍSCOLA, N.º 2119 - 23.11.11
Título original: Greek Tycoon, Wayward Wife
Publicada originalmente por Mills & Boon®, Ltd., Londres.

Todos los derechos están reservados incluidos los de reproducción,
total o parcial. Esta edición ha sido publicada con permiso de
Harlequin Enterprises II BV.
Todos los personajes de este libro son ficticios. Cualquier parecido
con alguna persona, viva o muerta, es pura coincidencia.
® Harlequin, logotipo Harlequin y Bianca son marcas registradas
por Harlequin Books S.A.
® y ™ son marcas registradas por Harlequin Enterprises Limited y
sus filiales, utilizadas con licencia. Las marcas que lleven ® están
registradas en la Oficina Española de Patentes y Marcas y en otros
países.

I.S.B.N.: 978-84-9000-864-5
Depósito legal: B-32059-2011
Editor responsable: Luis Pugni
Preimpresión y fotomecánica: M.T. Color & Diseño, S.L.
C/ Colquide, 6 portal 2 - 3º H. 28230 Las Rozas (Madrid)
Impresión en Black print CPI (Barcelona)
Fecha impresion para Argentina: 21.5.12
Distribuidor exclusivo para España: LOGISTA
Distribuidor para México: CODIPLYRSA
Distribuidores para Argentina: interior, BERTRAN, S.A.C. Vélez
Sársfield, 1950. Cap. Fed./ Buenos Aires y Gran Buenos Aires,
VACCARO SÁNCHEZ y Cía, S.A.
Distribuidor para Chile: DISTRIBUIDORA ALFA, S.A.

R0433441352

Capítulo 1

ME TEMO, señor Delikaris, que sigue aún por detrás de Spyros en las encuestas de opinión. Orion contempló la gráfica que se proyectaba en la pared y observó la expresión pesimista de su director de campaña, que estaba sentado junto a él en la mesa de reuniones. Un gesto de contrariedad se dibujó en su rostro. Orion era un hombre acostumbrado al éxito y eso era lo que esperaba de todas las personas de su equipo. Para eso las pagaba.

—Hemos acortado, sin embargo, la ventaja que les separaba, Rion –continuó el hombre algo nervioso utilizando su diminutivo–. El último enfoque de la campaña, basado en un programa de inversión para ayudas a la vivienda y a la construcción de un nuevo hospital, ha dado sus frutos. Sólo que no ha llegado a alcanzar los objetivos que nos habíamos marcado.

Pulsó el mando a distancia que tenía en la mano y apareció un nueva gráfica apoyando sus palabras, pero que sólo contribuyó a irritar aún más a Orion, ya que ponía de relieve las desviaciones de las predicciones de su equipo.

—Así que, a pesar del esfuerzo que hemos hecho para acomodar nuestras políticas a las necesidades de Metameikos, un hombre que es tan corrupto como lo fue su padre, sigue siendo el candidato más popular, ¿no es así? –dijo Orion, pellizcándose el puente de la nariz y mirando muy serio a todos los asistentes–. ¿Alguien puede darme una explicación?

Se hizo un silencio largo y tenso que rompió finalmente una voz desde un extremo de la mesa.

–Tal vez los ciudadanos no conectan con usted.

Todos los miembros del equipo contuvieron la respiración. Rion levantó lentamente la cabeza para ver quién había hablado. Era Stephanos, un ayudante de su gabinete de prensa, reclutado recientemente para su campaña. Era el más joven del equipo.

–Adelante, exponga su opinión.

–La gente le ve como un soltero multimillonario que ha decidido de la noche a la mañana convertirse en su líder político –Stephanos hizo una pausa esperando alguna palabra de reproche por parte de Rion que no llegó, sin embargo, a producirse, cosa que le animó a seguir su exposición–. Sus promesas pueden ir en línea con las necesidades de la ciudadanía, pero los resultados muestran claramente que la gente no confía en que usted vaya a cumplirlas. Quizá piensan que todo esto para usted no es más que un juego, un mero capricho, para demostrarse a sí mismo que puede tener éxito en cualquier empresa que se proponga. Tal vez piensen también que, teniendo en cuenta sus negocios en Atenas, no podría dedicar el tiempo necesario para desempeñar eficazmente su cargo. Cosa que, por supuesto, no es cierto, pero ellos no lo saben. La gente prefiere votar lo malo conocido que lo bueno por conocer.

Orion contempló a Stephanos detenidamente. El muchacho tenía agallas. Eso le gustaba. Le recordaba a sí mismo en otro tiempo. Él también sabía que el mundo de la política era muy diferente del de los negocios, que la gente votaba con el corazón más que con la cabeza, pero lo que no se le había ocurrido pensar era que la gente pudiera verle como un advenedizo.

–¿Y qué se supone entonces que tengo que hacer?

Los miembros del equipo se miraron entre sí con cara de perplejidad. Su jefe de campaña parecía ofendido.

Stephanos respiró hondo y continuó:

–Para que la gente tenga confianza en usted, necesita verle como uno de ellos. Ver que sus preocupaciones, sus principios y sus problemas, son los mismos que los suyos, que participa de los viejos valores tradicionales griegos.

–Yo me crié en Metameikos –dijo Orion muy serio–. Me eduqué con esos valores tradicionales que usted dice, y con ellos he llegado a donde estoy ahora.

–Entonces convénzales de que sigue pensando igual –replicó Stephanos con entusiasmo–. Que la casa que ha comprado allí no es para usted una simple propiedad más, sino que piensa establecer allí su residencia.

–¿Y cómo sugiere que haga eso?

–¿Quiere que le sea sincero? –exclamó Stephanos, con un ligero tono de indecisión en la voz–. Creo que la mejor solución sería que volviera a Metameikos con una esposa.

La expresión hasta entonces receptiva de Rion se desvaneció de inmediato y su rostro se ensombreció súbitamente.

–Eso es inaceptable. Espero que tenga una alternativa.

Libby miró extasiada el logo espectacular en 3D de la empresa Delikaris girando ostentosamente frente a las puertas giratorias de cristal de la entrada, y se dijo una vez más que estaba haciendo lo correcto. Era lo mismo que se había estado diciendo desde que la habían llamado para que sustituyera a Zoe, como guía turística por Grecia, durante su permiso por maternidad.

Había estado, sin embargo, buscando excusas toda la semana para no presentarse en Atenas y ahora le daban tentaciones de darse la vuelta y salir corriendo. Pero sabía que sería ridículo. Estaba haciendo lo correcto. Ya era hora de que ambos rehicieran sus vidas de una vez por todas. ¿Qué otra cosa podía hacer después de llevar cinco años sin hablar con Rion?

Estar de nuevo en Atenas, volver a ver el ayuntamiento y el antiguo bloque de apartamentos le había traído viejos recuerdos. Pero eso era todo: recuerdos. Se sentía así porque no se habían vuelto a ver desde entonces, y aún recordaba al hombre del que una vez había estado enamorada, aunque probablemente ni siquiera le reconociese ahora cuando le viera.

Debía de estar muy cambiado. Igual que ella. Mientras ella había estado fuera, trabajando como guía turística en viajes de bajo costo por todo el mundo, sin otra cosa que su libro en la mano y su mochila a la espalda, él debía haber pasado todos esos años trabajando duramente para conseguir forjar aquel imperio.

¿Era por eso por lo que ni sus abogados ni él habían llegado nunca a ponerse en contacto con ella? ¿Había estado tan enfrascado en su trabajo que había pasado por alto todas las cuestiones legales?

Cuando Libby se decidió finalmente a atravesar la puerta, se encontró en un hall de recepción muy espacioso y lleno de luz.

–¿Puedo ayudarle en algo? –le dijo una elegante recepcionista, mirando con gesto indulgente su vestido suelto y sencillo y sus humildes sandalias planas de cuero.

Libby miró a su alrededor y se dio cuenta entonces de que era la única mujer en el concurrido hall de entrada que no llevaba un vestido elegante y unos zapatos de aguja de al menos diez centímetros. Pero no dejó que eso le intimidara.

–Quería ver a Orion Delikaris...

–¿Tiene usted cita?

Libby sabía que tratar de hablar con él en su oficina era casi una misión imposible, pero sin su dirección, ni la forma de conseguirla, no había tenido otra alternativa.

–No, pero como es la hora del almuerzo pensé que...

La recepcionista hizo un gesto negativo con la cabeza y sonrió irónicamente.

–El señor Delikaris no hace ningún descanso para almorzar. Es un hombre muy ocupado.

Libby no necesitaba que nadie se lo recordase. No

podía haber un hombre más ocupado que él en todo el mundo. Pero, quizá, después de cinco años, podría dedicarle diez minutos...

—De todos modos, ¿sería tan amable de avisar al señor Delikaris y dejar que sea él quién decida si quiere recibirme o no? —dijo Libby recalcando con dulzura, pero con firmeza, cada una de sus palabras.

Ella había negociado en cierta ocasión el alquiler de veintidós camellos para poder hacer el tour nocturno a través del desierto que tenía programado la agencia, y poder solventar así la avería imprevista del autocar destinado a tal fin, así que no iba a dejarse intimidar ahora por una jovencita que presumía de elegancia y buenos modales y se daba tanto pote.

La recepcionista suspiró con escepticismo, tomó con indolencia el teléfono con una de sus cuidadas manos y pulsó un botón con el dedo.

—Electra, querida, siento molestarte, pero tengo aquí a una mujer que insiste en querer ver al señor Delikaris. Umm... Sí, otra... En fin, tiene la esperanza de que si él sabe que está aquí se dignará recibirla... Sí, ahora se lo pregunto... ¿Cuál es su nombre, por favor? —dijo la joven volviéndose hacia Libby.

—Me llamo Libby Delikaris. Soy su esposa.

El silencio más absoluto se adueñó de la sala de reuniones.

—Me temo que no tengo ninguna alternativa —respondió Stephanos—. Puede pasar en Metameikos todo el tiempo que quiera, apoyando a las empresas de la ciudad, asistiendo a los eventos locales y tratando de granjearse la amistad del alcalde, pero no creo que nada de eso pueda convencer a la gente de que realmente tiene intención de establecerse allí. Sólo viéndole casado y del brazo de su esposa se fiarían de usted.

—¿Es que no me ha entendido? —exclamó Rion con

un gesto de disgusto–. No quiero volverle a oír a hablar de eso.

Stephanos se quedó sorprendido de ver que el hombre que había jurado no detenerse ante nada con tal de ganar esas elecciones se negase de forma tan rotunda a considerar siquiera su propuesta, pero decidió que sería más prudente no insistir por el momento.

–Bueno, la verdad es que, bien pensado, tampoco eso habría sido una garantía. Aparecer casado, de la noche a la mañana, con una mujer con la que no ha mantenido un noviazgo serio durante algunos años podría parecer un ardid publicitario, sobre todo ahora, estando tan cerca las elecciones.

Sonó en ese momento el interfono que había junto a Rion.

–¿Sí? –dijo él con voz cortante.

–Siento mucho interrumpirle, señor Delikaris, pero hay una mujer en el hall de recepción que insiste en hablar con usted.

–¿Y de quién se trata, si puede saberse?

Hubo una pausa tensa y prolongada.

–Dice que se llama Libby Delikaris y que es... su esposa.

Rion se quedó inmóvil. No podía moverse. Se lo impedía la oleada de satisfacción que le embriagaba en ese momento. Había vuelto.

Era un momento que había estado esperando con ansiedad durante mucho tiempo, quizá demasiado. Y no porque le importara mucho lo que ella pudiera decirle, pensó para sí, sino porque ahora, al fin, podría cumplir su venganza.

Se levantó del asiento con aire victorioso, mirando a los miembros de su equipo con el rabillo del ojo. De repente, se dio cuenta del momento tan oportuno que ella había elegido para volver a verle, justo cuando más necesitaba dar a todo el mundo la imagen del hombre prototipo de los valores tradicionales griegos. Sus ojos cobraron un brillo especial y su boca esbozó una sonrisa sardónica. ¡Sí, había llegado en el momento más adecuado!

–Gracias. Hágala pasar en seguida –dijo Rion muy sereno, apretando el botón del interfono.

Percibió la cara de sorpresa de todos los que estaban sentados alrededor de la mesa. Era comprensible; nunca la había mencionado. No le gustaba hablar de sus fracasos ni del pasado y ella caía dentro de ambas categorías, por lo que había procurado no pensar siquiera en ella. Y a veces hasta lo había conseguido.

–Les pido disculpas, señores, pero me temo que tendremos que continuar esta reunión en otro momento.

Los hombres despejaron la sala sin decir una palabra. Todos, menos uno: Stephanos.

–¿Sabe? Se me acaba de ocurrir una forma alternativa de convencer a la gente de que usted es de ese tipo de personas responsables en las que uno puede confiar –dijo Stephanos con ironía, mirando a Rion a los ojos, mientras se dirigía a la puerta, andando hacia atrás–. No hay nada que derrita tanto los corazones como un reencuentro y una reconciliación.

Libby no había utilizado el apellido de su esposo desde hacía cinco años, ni se había presentado como su esposa en ningún sitio durante todo ese tiempo. Y a juzgar por la cara de sorpresa de la recepcionista, Rion tampoco había hecho nunca la menor mención de ella. Sin embargo, la orden escueta pero determinante que la joven había recibido del señor Delikaris para que dejase pasar a aquella mujer a su despacho no dejaba lugar a dudas sobre su identidad. En pocos segundos, la prepotente jovencita pasó a convertirse en la personificación de la amabilidad y la cortesía. Libby le dijo que prefería no usar el ascensor y ella le explicó con todo detalle cómo subir por las escaleras al despacho de Delikaris, ubicado en la última planta del edificio.

Mientras subía las escaleras, Libby trató de ignorar la angustia que sentía en el estómago y que parecía atenazarla. Tenía que controlarse. Si había habido alguna vez algo entre ellos, hacía ya mucho que había muerto. Tenía que dejar a un lado las emociones. Trató de convencerse a sí misma de que aquello iba a ser sólo una formalidad, una simple charla amistosa entre dos personas que se habían conocido en el pasado pero que ahora eran virtualmente extraños el uno para el otro. Quizá cuando todo hubiera acabado se sentiría con esa sensación de libertad plena que siempre había estado buscando pero nunca había conseguido encontrar. Intentó aferrarse a esa idea al llegar a la planta superior. Pasó junto a una amplia terraza que parecía una pista de aterrizaje para helicópteros, y luego a través de un largo pasillo hasta encontrar una puerta grande de caoba en la que figuraba el nombre de Orion Delikaris en letras doradas. Llamó con los nudillos.

–Adelante.

Nada más pasar y verle, Libby comprendió que todo lo que se había ido diciendo mientras subía las escaleras, sobre sus emociones muertas, había sido una solemne estupidez.

Orion Delikaris le seguía pareciendo el hombre más deseable sobre la faz de la tierra. No había esperado que hubiera cambiado en lo sustancial, pero sí que la edad y el dinero hubieran producido en él ciertas alteraciones. Sin embargo, para su sorpresa, todo en él, salvo el traje tan caro que llevaba, estaba exactamente igual a como ella lo recordaba. Su mandíbula fuerte y orgullosa, su pelo negro y brillante, y aquellos ojos marrones como el chocolate líquido que habían alimentado sus fantasías de muchacha y encendido su pasión de mujer. Esos ojos que la habían mirado con amor el día de su boda y luego con deseo por la noche.

Parpadeó confusa, tratando de alejar esos recuerdos. Sintió de nuevo el impulso de salir corriendo para huir de sí misma y de aquellos pensamientos.

–Hola, Rion –consiguió decir.

Rion la recorrió con los ojos, molesto consigo mismo al comprobar la excitación que seguía produciendo en él después de los años. Pero se dijo que era sólo porque aún seguía viéndola como la mujer que lo había rechazado. Tan pronto comenzara a pedirle que volviera con ella su deseo se desvanecería. Sin embargo, le molestaba que se hubiera presentado allí de esa manera, y especialmente con aquel aspecto tan... diferente. Ya no tenía aquella melena rubia y sedosa que le caía por los hombros, ahora llevaba el pelo muy corto y con un estilo que él consideraba muy poco femenino aunque, sin embargo, resaltaba la delicadeza de sus facciones. Y aquella figura menuda y pálida, que una vez le había cautivado, había dado paso a un cuerpo más excitante, lleno de curvas sensuales y seductoras, sobre una piel tostada y dorada por el sol.

Apretó los dientes. Seguramente llevaría una vida regalada de fiesta en fiesta, se dijo él. Tomando el sol y luciendo su cuerpo por las playas del Caribe y yendo de compras por tiendas exclusivas de los grandes diseñadores de moda, con el dinero de sus padres. Eso lo explicaría todo. Aunque, bien pensado, esa imagen no parecía encajar muy bien con la ropa que llevaba puesta ahora. Quizá la empresa de su padre, la Ashworth Motors, estuviera pasando dificultades económicas. Por un momento, deseó que así fuera. Eso le permitiría manejarla con más facilidad.

–Dime –dijo él, incapaz de comprender la razón por la que podía haber tardado tanto en subir a su despacho–. ¿Dónde te has metido?

Libby se quedó sorprendida por la pregunta y por su expresión seria rayando en la hostilidad, pero se dijo que, después de todo, era comprensible. Ella jugaba con ventaja. Había tenido tiempo de prepararse mentalmente para aquel encuentro, cosa que él no había podido hacer.

–Subí por las escaleras –respondió ella, mirando el reloj de la pared y estimando que habría tardado unos cinco minutos.

Y estuvo a punto de añadir: «Ya sabes que no me gustan los ascensores». Pero entonces recordó que él no lo sabía. En realidad, él apenas había llegado a saber nada de ella. Y lo mismo podría decir ella de él.

Y ahora sabían aún menos el uno del otro. Eran como dos extraños.

–Te ruego me disculpes si no he llegado en un buen momento.

–Todo lo contrario –dijo él con una sonrisa irónica–. Has llegado en el momento oportuno. La verdad, Liberty, es que llevo años esperándote.

Libby sintió deseos de corregirle, de decirle que nunca más había vuelto a permitir a nadie que la llamase por su nombre completo, pero aquellas palabras, diciendo que llevaba años esperándola, habían sonado como una música celestial en su corazón y decidió dejarlo para mejor ocasión.

–¿Quieres decirme que has estado tratando de ponerte en contacto conmigo? Cuánto lo siento. Si lo hubiera sabido... He estado viajando por el extranjero casi todo este tiempo. Llevó más de tres años sin consultar siquiera las notificaciones de los bancos. Tengo que empezar a ponerme al día.

–Si hubiera querido localizarte, ten por seguro que habría conseguido dar contigo.

Pero él no había querido dar con ella. ¿Para qué? Había sabido siempre que acabaría volviendo, arrastrándose a sus pies, y tendría así la oportunidad de gozar de aquel momento que tanto había esperado, de cumplir su venganza y verla humillada como ella le había humillado a él en el pasado. Sí, había tardado mucho en volver, pero él no hubiera cambiado ese momento por nada del mundo, aunque hubiera tenido que esperar cincuenta años.

–Esperaba que hubieras venido a verme cuando mi nombre apareció por primera vez en el Ranking Internacional de Millonarios –dijo Rion con ironía–. ¿O es que has estado esperando a que figurase entre los diez primeros?

Libby frunció el ceño. Comprendió que él pensaba que había vuelto allí por su dinero. Le miró con gesto de incredulidad y en ese momento se dio cuenta de que su primera impresión al verle no había sido muy acertada. Había cambiado. Se había hecho más duro y cínico. Tal vez debería sentirse aliviada de que fuera de verdad ese extraño que se había imaginado, pero en lugar de eso se sintió apenada.

–Yo no leo ese tipo de cosas. Nunca lo hice.

Rion recorrió la sala con la mirada y luego la azotea ajardinada y la espléndida vista de la Acrópolis que se divisaban a través de los grandes ventanales de su despacho.

–¿Pretendes hacerme creer que no estabas enterada de mi nuevo estatus social? –dijo Rion arqueando una ceja.

–Sí, claro que estaba al corriente de tus éxitos profesionales. Pero eso no tiene nada que ver con la razón de mi visita.

Rion dejó escapar una risa despectiva. A su modo de ver, seguía siendo, en muchos sentidos, la misma Liberty Ashworth de siempre. Aún seguía afirmando que el dinero no significaba nada para ella. Eso explicaría el aspecto de peregrina con el que se había presentado. Era evidente que el vestido y las sandalias formaban parte de la puesta en escena de un plan perfectamente concebido para tratar de convencerle de que ella no sentía ningún apego por las cosas materiales.

–¿Se puede saber entonces cuál es la razón por la que has vuelto? –preguntó él, arrastrando las palabras con marcada ironía.

Libby respiró hondo, consciente de la importancia del momento.

–Estoy aquí porque han pasado cinco años, y deberíamos haber puesto esto en orden hace ya mucho tiempo –respondió ella muy serena, sacando del bolso unos documentos y dejándolos sobre la mesa.

Rion no comprendió, en un primer momento, de lo que estaba hablando. Estaba absorto observándola, viendo el rubor que había aparecido en sus mejillas y tratando de adivinar cuánto tiempo sería capaz de seguir representando aquella farsa. Pero cuando se dio cuenta de que ella estaba esperando su respuesta bajó la vista a la mesa y entonces vio la portada del documento.

«Petición de divorcio».

Libby tuvo un sentimiento de culpabilidad al ver la expresión de incredulidad y de asombro en su mirada. Rion se quedó mirando aquellas tres palabras y sintió una mezcla de furia e indignación. Pero sólo le duró un instante. La cosa estaba clara. A pesar de todo lo que había logrado, de todo el dinero que había ganado, aún no tenía el pedigrí suficiente para la hija de lord y lady Ashworth.

–Por supuesto –dijo él con amargura.

–Entonces –replicó Libby con un nudo en la garganta–. ¿Eres también de la opinión de que deberíamos haber arreglado estos papeles hace ya años?

Rion cerró los ojos y respiró hondo. Sentía una angustia profunda en el pecho. Había estado pensando muchas veces en el regreso de Libby, pero nunca se había imaginado que sería de esa manera.

Trató de controlarse y no perder la calma. Abrió los ojos. No iba a permitir por nada del mundo que aquella mujer le amargase la vida por segunda vez. Así que quería el divorcio... Bueno, él también lo quería. La única razón por la que no había iniciado él mismo los trámites era porque había estado esperando la ocasión de poder saborear mejor su venganza. Y todo parecía indicar que ese momento al fin había llegado. El destino obraba siempre de manera caprichosa.

Le miró a la cara. Tenía las mejillas teñidas de un

rojo carmesí. Posiblemente, no quisiese seguir siendo su esposa, pero era evidente que seguía deseándole con la misma pasión de antes, con la misma pasión que él también seguía deseándola, le gustase o no. Tal vez podría proporcionarle un gran placer el hacérselo ver así, el decirle que ella nunca podría dejar de desearle a pesar de la mala opinión que tenía de él. Sí, sería un placer a la vez que muy útil para su campaña.

Una leve sonrisa se dibujó en sus labios. No necesitaba que ella tuviera una buena opinión de él, sólo que estuviera a su lado como esposa mientras durase la campaña, y luego en su cama por última vez. Después podría abandonarla, tal como ella había hecho con él en otro tiempo. Pero antes quería demostrarle que el deseo físico que sentía hacia él era más fuerte que cualquier división de clases.

–No, *gineka mou* –dijo él con intención, curvando los labios al pronunciar «esposa mía» en griego–. Lamento decepcionarte, pero no estoy dispuesto a concederte el divorcio.

Libby sintió un escalofrío al oír el tono amenazador de su voz, pero trató de dominarse. Comprendió que él pensaba que quería sacarle dinero mediante el divorcio.

–Por favor, entrega estos documentos a tus abogados para que los examinen. Te confirmarán que no te estoy pidiendo ningún tipo de compensación económica.

–No conseguirías sacarme nada aunque te lo propusieras.

El tono de su voz era tan frío y cortante que Libby sintió como si alguien le hubiera metido un trozo de hielo por la espalda. Aquellas palabras tan ofensivas cerraban toda esperanza de poder discutir aquel asunto de manera amistosa.

–Sorpréndeme –continuó diciendo Rion–. Si no es por dinero, ¿por qué quieres ahora divorciarte de mí con tanta prisa?

–Porque resulta ridículo seguir por más tiempo con esta situación –respondió ella–. Formamos legalmente un matrimonio pero ni siquiera sabemos el número de teléfono el uno del otro. Cada vez que relleno un impreso tengo que poner una cruz en la casilla de «casada», a pesar de que llevo media década sin verte. Me parece todo una farsa, una mentira.

–No fue así en otro tiempo –dijo Rion mirándola intensamente.

No, pensó Libby tristeza, sorprendida de que hubiera sido capaz de despertar en ella muchas emociones dormidas con aquellas seis simples palabras. No había sido así en otro tiempo. Un aluvión de imágenes inconexas cruzó por su mente: Atenas en febrero bajo una inesperada capa de nieve cayendo como si fuera una lluvia de confeti helado; ella con su traje de novia y unas horribles botas de agua bajo el vestido; dos transeúntes muertos de frío a los que convencieron para hacer de testigos en su sencilla ceremonia de boda en el ayuntamiento de la ciudad, con la promesa de un chocolate caliente. Aquel día de su boda había sido el primer día auténtico de su vida, la primera vez que no se había sentido inmersa en un mundo de mentiras.

–No –admitió ella, tratando a duras penas de mantener el nivel de la voz–, pero eso fue hace mucho tiempo. Ya han pasado cinco años desde entonces.

–Es cierto. Y durante esos cinco años no se te ha ocurrido nunca venir a verme, aunque fuese sólo para pedirme el divorcio. ¿Por qué lo has hecho ahora?

Libby se encogió de hombros avergonzada. Ella también se hacía la misma pregunta. ¿Por qué había esperado tanto tiempo? ¿Confiaba acaso en que pudiera llegar a cambiar en algo su relación? No, ella había estado siempre convencida de que nunca podrían llegar a reconciliarse.

–Siempre supuse que te pondrías en contacto conmigo. Me he pasado, por otra parte, la mayor parte del tiempo en el extranjero, así que cuando por razones de mi trabajo he tenido que venir a Atenas, me pareció lo más lógico aprovechar la oportunidad para arreglar las cosas personalmente y de forma amistosa.

–¿Crees que puede haber una forma amistosa de divorciarte de tu marido griego? –exclamó Rion moviendo la cabeza con gesto negativo–. Si es así, creo que no conoces bien a los hombres griegos, *gineka mou*.

–Precisamente como griego, supuse que eras un hombre lógico, capaz de ver que no tiene sentido prolongar más un matrimonio que lleva muerto ya más de media década.

–Estaría de acuerdo si fuera verdad eso que dices –replicó Rion de forma fría y cortante–. Pero no lo es. Aún me deseas. Lo pude ver en tus ojos en cuanto entraste por esa puerta y me miraste –dijo Rion dando un paso hacia ella–. Por muy lejos que hayas estado de mí, me sigues deseando, ¿no es así?

Libby se ruborizó intensamente.

–Aunque así fuera, la atracción sexual no es un pilar suficiente para sustentar un matrimonio.

–En todo caso, es una razón de más peso que la que tú me has dado para divorciarte.

–Eso no es verdad. Hay muchas otras razones por las que, a mi modo de ver, el divorcio sería la solución más razonable, dada nuestra situación actual. Por ejemplo, tal vez... quisieras casarte con otra persona en el futuro –dijo ella sintiendo un hondo dolor al pronunciar esas palabras–. Tal vez yo también podría rehacer mi vida con otro hombre.

Libby no podía imaginar tal cosa, al menos en ese momento, pero era el único argumento que se le había ocurrido para arreglar su situación y tratar de convencerle de que no le movía ningún interés económico.

–Así que hemos llegado finalmente a la verdadera razón que te ha traído aquí –dijo él muy serio–. Y dime, ¿quién es él? Espera, déjame adivinarlo. ¿Un conde, tal vez? ¿Un duque?

Libby respiró hondo. No podía creer que él se hubiese tomando en serio aquella simple hipótesis de su posible relación futura con otra persona, pero sí advirtió que la mano de Rion se había dirigido instintivamente hacia los papeles de la mesa, como si estuviese empezando finalmente a pensar que el divorcio podría ser la solución a todo aquello.

–¿Tiene eso alguna importancia? –replicó ella desafiante.

Rion apretó los dientes lleno de frustración, imaginando a algún miembro afeminado de la aristocracia inglesa poniendo sus manos sobre el cuerpo maravilloso de Libby. Siempre había tratado de no pensar en ello a lo largo de aquellos cinco años de ausencia, pero había tenido siempre presente la posibilidad de que ella hubiera podido serle infiel con otro hombre. La conocía muy bien, pues había sido la amante más ardiente y apasionada que había tenido.

–Soy tu marido y creo que tengo derecho a saber quién es –dijo él, apartando la mano de los papeles.

Libby negó con la cabeza, presa de desesperación. Nunca le había visto tan frío y hostil.

–Pero ¿qué provecho puedes sacar de que sigamos casados? Me he pasado estos últimos años en el otro extremo del mundo.

–Te aseguro que no volverás a separarte de mí nunca más.

Ella le miró fijamente, dispuesta a poner de una vez las cosas en claro.

–¿Qué estás tratando de decirme? ¿Qué en vez de firmar los papeles del divorcio quieres que vuelva contigo para que siga siendo tu esposa de verdad?

–Sí, *gineka mou*. Eso es precisamente lo que te estoy diciendo.

Capítulo 2

ESTARÁS de broma, ¿no? –dijo ella con la voz temblorosa.

–No, te lo digo completamente en serio.

Libby se quedó mirándole con incredulidad. ¿Cuántas veces había soñado con oírle decir esas palabras? ¿Cuántas veces había soñado que él nunca la había olvidado igual que ella tampoco había podido olvidarle? ¿Cuántas veces había soñado que, ahora que los dos habían madurado y habían tenido tiempo para reflexionar, podrían volver a encontrarse el uno al otro? Desde luego, más veces de las que estaba dispuesta a admitir.

En lo más profundo de su corazón, donde se habían forjado aquellos sueños tan hermosos, quería creer que iban a hacerse ahora realidad, pero su cerebro le decía todo lo contrario. Porque no veía frente a ella a un hombre que quisiera llegar a conocerla mejor, que la estuviese mirando con esperanza, sólo veía a un hombre receloso de que ella fuera detrás de su fortuna y que estaba siempre en guardia para proteger sus intereses.

Dio un paso vacilante en la dirección a la puerta, dispuesta a marcharse.

–No debería haber venido. Dejaré todo en manos de mi abogado. Tal vez, cuando él te explique los términos de mi demanda, le creas más que a mí y te convenzas de que no quiero nada tuyo.

Rion se acercó un poco a ella y la miró fijamente.

–¿No sientes curiosidad por saber si el sexo entre nosotros funciona ahora tan bien como entonces?

Libby sintió un nudo en la garganta y se quedó casi

sin aliento. Rion estaba tan cerca que podía sentir su aroma. Siempre había pensado que habría podido venderlo a toneladas si pudiera embotellarse. Pero eso no era posible, porque no contenía ingredientes tangibles. Era el olor del calor de un hombre, de su energía y su virilidad. Era tan potente como el primer sabor que deja la menta en la boca. Estaba superpuesto ahora con el aroma de su loción de afeitado, y la mezcla era tan explosiva que ella sintió que saldría ardiendo en llamas en cuanto lo exhalase en profundidad. Y tal vez hubiera sido así, si no le hubiera caído como un jarro de agua fría el recordar que ella, en cambio, nunca le había hecho sentir a él nada parecido.

–Vamos, Rion, no pretendas decirme que yo te satisfacía en la cama. Sé muy bien que, después de casarnos, no fuiste feliz conmigo, ni en la cama ni fuera de ella.

Él la miró detenidamente, como si no diese crédito a lo que acababa de oír. ¿No se daba cuenta de que, incluso en aquel momento, estaba luchando consigo mismo para no agarrarla por las caderas, ponerla sobre la mesa de su despacho y hacerla el amor de forma salvaje y primitiva? ¿De que a pesar de lo alto que había llegado, ella era la única persona que parecía poseer la desagradable habilidad de recordarle que no era un hombre suficientemente refinado?

–¿Crees que estoy fingiendo? Entonces, quédate. Te aseguro que será un gran placer para mí demostrarte mi sinceridad.

Libby negó con la cabeza. Él sólo estaba tratando de jugar con su debilidad.

–Puedes dejar ya de actuar, Rion. Sé que lo único que te preocupa de mí es que pueda ir detrás de tu dinero.

–¡Vamos, Libby! –dijo él arqueando las cejas–. Lo único que quiero es dar una segunda oportunidad a nuestro matrimonio.

Libby tragó saliva con dificultad y comenzó a sentir los latidos del corazón en las sienes.

–No sé...

–Está bien, si no estás segura, creo entonces que será mejor dejarlo así –dijo él acercándole los papeles de la solicitud de divorcio sin dejar de mirarla–. Sin duda tendremos ocasión de vernos más veces en los tribunales. Si es que persistes en tu idea de seguir adelante con esto.

–Yo...

–Deberías recapacitar hasta saber realmente lo que quieres –le aconsejó él, sacando una hoja de papel de un cajón de su escritorio y garabateando una dirección–. Salgo para Metameikos de viaje de negocios mañana por la tarde. ¿Te gustaría acompañarme? El vuelo es a las cuatro.

–¿Perdón? –exclamó ella tras unos segundos, como si no hubiera comprendido bien sus palabras.

–Me voy mañana a Metameikos –repitió él, entregándole la hoja de papel escrita–. Ven conmigo y te demostraré en dos semanas por qué el divorcio no es la salida más lógica a nuestra relación. Si no lo consigo, firmaré entonces todos los papeles que quieras.

Libby, sorprendida, se quedó con la boca abierta. Estaba convencida de que lo único que le movía era salvaguardar sus intereses económicos, pero ahora...

–Aun así... No, no puedo... Tengo que preparar algunos tours nuevos para la próxima temporada –replicó ella con la voz entrecortada.

–¿Tours? –exclamó Rion, con el ceño fruncido.

–Sí, es mi trabajo –dijo ella, dándose cuenta de que no le había explicado hasta ahora la razón principal de su estancia en Atenas–. Trabajo para una compañía llamada Kate's Escapes.

Así que estaba trabajando, se dijo él sorprendido. En el sector turístico. Eso explicaba lo del bronceado, pero no la razón de que se hubiera puesto a trabajar. Seguramente Ashworth Motors estaba atravesando un mal momento económico.

–Ven entonces a Metameikos –dijo él con indiferencia–. Puedes diseñar allí un recorrido turístico espléndido. Tiene el paisaje más bello de toda Grecia.

–Yo... yo... –titubeó ella con los ojos abiertos como platos.

–No deberías tomar una decisión precipitada, *gineka mou* –dijo él acompañándola hasta la puerta–. Piensa en ello. Tienes hasta mañana para decidirte.

Cuando Libby salió del despacho se quedó como clavada en el suelo, como si careciese de la energía necesaria para bajar las escaleras.

Él le había dicho que quería ver si su matrimonio podía volver a funcionar. Pero lo más sorprendente era que le había pedido que le acompañara a Metameikos en viaje de trabajo.

No habían sido ciertamente unas palabras para la posteridad. No ofrecían ninguna propuesta para la paz mundial, ni aportaban tampoco nada positivo para curar una enfermedad mortal. Pero tuvieron la virtud de detener el mundo de Libby y hacer que volviese a girar sobre su eje, pero en dirección opuesta a la que lo había estado haciendo durante los últimos cinco años.

Parecían demostrarle que ahora estaba maduro para sacar adelante su matrimonio. Algo que ella jamás hubiera pensado.

Porque nunca, en los tres meses que habían pasado juntos como marido y mujer, le había dado la menor muestra de querer compartir con ella sus problemas y sus ilusiones, y sólo había tratado de disuadirla y desalentarla para que no ejerciese ningún trabajo. Tampoco le había hablado nunca de Metameikos, ni de que sintiera el menor apego por aquel lugar en el que había nacido.

Libby apoyó la espalda contra la puerta y dejó que sus recuerdos afloraran como la lava de un volcán en erupción.

Desde que habían llegado a Atenas, él había tratado en todo momento de dejar atrás el pasado y construir su propio futuro. Ella había llegado llena de sueños e ilusiones, feliz de dejar atrás también su pasado y escapar de su autoritario padre, y con la idea de vivir una vida que no girase en torno al dinero y al estatus social, sino al amor y a la libertad. Pero nada más casarse, él se había entregado de forma compulsiva a su trabajo, con unas jornadas de dieciocho horas diarias. Ella casi nunca le veía, y en las raras ocasiones en que podía hablar con él, toda su conversación giraba en torno a la idea de mudarse a un apartamento más grande, comprar una casa o encontrar financiación para poner en marcha el negocio que tenía en mente.

Al principio, ella había admirado su dinamismo. Apenas conocía nada de su infancia, sólo sabía que, a diferencia de ella, provenía de una familia humilde y de uno de los barrios más pobres de Metameikos. Podía comprender que lo más importante para él fuese conseguir un buen trabajo, sobre todo después de la forma en que su padre le había tratado. Pero conforme él fue llegando cada vez más tarde a casa, a ella se le fue haciendo también más difícil soportar aquella obsesión suya por el trabajo. Sabía que le hubiera bastado trabajar sólo ocho horas al día, como la mayoría de la gente, para poder pagar el alquiler del piso y las facturas. ¿Por qué sentía entonces aquella necesidad imperiosa de trabajar más? Si la amaba, ¿por qué no pasaba con ella las noches y los fines de semana en vez de quedarse haciendo horas extras para ganar más dinero?

Parecía algo sin sentido. Y, a medida que las semanas habían ido pasando, ella había empezado a preguntarse si la había amado realmente alguna vez. Aquella vida no era la que ella se había imaginado cuando se había casado con él. Se sentía sola y aislada, preguntándose cuándo volvería a casa del trabajo. Y, cuando llegaba, no le contaba nada de sus problemas, como si ella no tuviera ninguna importancia en su vida. Volvía a repetirse la historia que había vivido con su padre y la Ashworth Motors. Quizá podría haberlo soportado si hubieran compartido juntos otras cosas, pero él nunca parecía tener tiempo para nada, salvo para hacer el amor con ella, a última hora de la noche, cuando llegaba a casa. Y parecía acabar insatisfecho y decepcionado.

Finalmente, había terminado por reconocer que ella también estaba decepcionada con su matrimonio. Casándose con él, había conseguido escapar de las imposiciones de su padre, evitando tener que contraer matrimonio con un pretendiente de su elección, pero el haberse convertido en la señora Delikaris no le había hecho sentirse realmente muy diferente de cuando era la señorita Ashworth. Seguía como antes, sin sentirse dueña de su propia vida. ¿Qué había sido de todos sus sueños?

Se habían esfumado. Sí, ésa fue la conclusión a la que llegó un día, tres meses después de su boda. Su matrimonio había acabado con sus sueños e ilusiones y, a menos que hiciera algo por evitarlo, también iba a destruirla a ella.

Recordaba muy bien lo que pasó al día siguiente. Él se estaba haciendo el nudo de la corbata por la mañana en la habitación, cuando ella decidió armarse de valor y hablarle en serio.

–Rion, antes de que te vayas al trabajo, hay algo que quiero decirte.

–¿Sí?

–He presentado una solicitud de trabajo en la escuela de idiomas.

Eso no iba a resolver todos sus problemas, pero podía ser un buen comienzo. Desde que habían llegado a Atenas, había querido trabajar para sentirse útil y contribuir también a pagar los gastos de la casa. Pero él se había mostrado siempre muy tajante y le había dicho que ella no necesitaba trabajar mientras estuviese casada con él. Comprendió entonces que, si quería lograr algo, tendría que insistir más para tratar de convencerle.

–Están buscando nativos de habla inglesa –continuó diciendo ella–, y pensé que, si yo colaborara económicamente en los gastos de la casa, no necesitarías trabajar tanto y podríamos pasar más tiempo juntos.

–Ya te lo he dicho más veces, no hace falta que trabajes –respondió él con firmeza.

Ella resopló decepcionada. ¿Era tan difícil para él comprender que ella necesitaba vivir su propia vida?

–Pero yo quiero trabajar en algo. Además, podría aprender griego allí y...

–Te prometí que tendrías un profesor particular –replicó él, con aire apenado–. Y lo tendrás en cuanto cierre un negocio que tengo planeado.

–Pero no quiero esperar tanto. Necesito poder relacionarme con la gente. ¡Ni siquiera puedo saludar a los vecinos!

–Te aseguro que no tendrás que esperar tanto como crees –dijo él con el rostro crispado.

–Pero no es sólo por eso –replicó ella negando con la cabeza–. Quiero ir a esa academia para conocer a otras personas. Cuando tú estás en el trabajo me siento tan sola...

–Yo también estoy deseando tener un hijo, si es eso a lo que te refieres.

Ella abrió los ojos como platos sin poder dar crédito a lo que acababa de oír. Por supuesto que ella había soñado siempre con tener algún día su propia familia, pero no antes de que hubiera tenido la oportunidad de vivir su propia vida. Y, ciertamente, aún no había llegado ese momento, y menos cuando se le ofrecía tener un hijo como solución a un problema.

Un problema que él ni siquiera comprendía. Pero no tenía por qué extrañarse de ello, él no podía comprenderla porque nunca había llegado a conocerla del todo. Se habían casado tan deprisa que ni siquiera ella había tenido tiempo de conocerse a sí misma.

En ese instante, ella lo vio todo claro de repente. Era como si se hubiese hecho la luz en medio de la oscuridad, como si un relámpago caído del cielo iluminara todo lo que hasta entonces había permanecido oculto.

Comprendió que, si quería tener una propia vida, no podía quedarse allí con él.

–No, Rion. No es un niño lo que quiero. Lo que yo quiero... –dejó caer los párpados y suspiró profundamente–. La verdad es que no sé exactamente lo que quiero, pero lo que sí sé es que no es esto. No quiero quedarme aquí toda la vida.

Y ése fue el momento en que descubrió que ella había sido para él una decepción tan grande como él para ella.

–Entonces vete –dijo Rion con una mueca de amargura–. Creo que los dos sabíamos desde el principio que esto podía pasar.

Libby respiró hondo, tratando de volver a la realidad después de aquellos dolorosos recuerdos del pasado. Abrió los ojos y parpadeó varias veces cegada por la intensa luz artificial del pasillo de la oficina, mientras conservaba aún en la memoria los sentimientos contrapuestos de amargura y de liberación que había sentido al abandonar a su marido cinco años atrás.

Pero ¿se había liberado de él realmente?

Sin duda, habían cambiado muchas cosas, pero la atracción física que sentía hacia él permanecía igual que entonces. Contuvo por un instante la respiración y escuchó su corazón latiendo con fuerza dentro del pecho. A él no le podía engañar. Había tratado de convencerse a lo largo de esos años de ausencia que ya no era aquella jovencita que se volvía loca de amor como una colegiala. Pero la realidad era que no había sobre la faz de la tierra otro hombre como él, capaz de hacer que todo su cuerpo de derritiese con sólo mirarla.

Y, aunque sabía que lo lógico y sensato era ordenar a su abogado que iniciase cuanto antes el proceso de divorcio, no podía evitar escuchar la voz de su corazón y de su cuerpo pidiendo lo contrario. Porque, efectivamente, él y ella no habían llegado nunca a conocerse de verdad, pero ¿y si ahora llegaran a comprenderse y a resucitar todo aquello que habían sentido en un tiempo el uno por el otro? Si eso fuera posible, entonces el divorcio supondría un gran error. ¿No debería entonces aferrarse a esa posibilidad por minúscula que fuese?

De repente, el suelo pareció ceder bajo sus pies, y sintió su cuerpo cayendo hacia atrás hasta tropezar contra algo compacto, duro y musculoso. Mientras trataba de recuperarse de aquella extraña sensación, comprendió, avergonzada, que todo lo que había pasado era que Rion había abierto la puerta de su despacho. Esa puerta sobre la que ella se había apoyado mientras había estado recordando su pasado. Vio que Rion la estaba sujetando por los hombros y se apartó de él en seguida con las mejillas encendidas.

–Sólo estaba... –acertó a decir ella con la mente completamente en blanco.

Pero ¿qué disculpa, que no fuera una estupidez, podía poner para justificar el llevar allí varios minutos recostada contra la puerta?

–¡Oh, vamos! No tienes por qué darme explicaciones –replicó él con una sonrisa burlona y con los brazos ligeramente abiertos como si estuviera preparado para sujetarla de nuevo en caso de que se cayera–. Son cosas que pasan.

Se acercó a los ascensores y pulsó el botón de bajada. Las puertas de uno de ellos se abrieron casi de inmediato. Rion hizo un gesto para que bajase con él, pero ella rechazó la invitación moviendo la cabeza con un gesto nervioso.

–Hasta mañana, entonces –dijo él con una sonrisa.

Ella hubiera querido decirle que aún tenía veinticuatro horas por delante para decidirse, y que sólo se había quedado allí un par de minutos para darse un respiro antes de bajar por las escaleras. Pero, antes de que pudiera decir una palabra, las puertas del ascensor se cerraron herméticamente.

Era una situación frustrante, pero aún lo era más que él hubiera dado por hecho que ella se presentaría en el aeropuerto al día siguiente.

Capítulo 3

S E HABÍA pasado casi toda la noche y buena parte de la mañana siguiente meditando su decisión, pero a las tres de la tarde se dirigió con su maleta en un taxi camino del aeródromo.

Estaba inquieta. Por un lado, sentía ganas de decirle al taxista que parase el coche, se diese la vuelta y se marchase a toda velocidad en dirección contraria. Hubiera sido la reacción lógica después de la forma fría y distante con que Rion la había recibido en su despacho. Pero, por otro lado, su corazón y sus hormonas le decían que debía acompañarle en su viaje de negocios y darle una segunda oportunidad.

Porque, si no iba con él, nunca llegaría a salir de dudas, nunca sabría si su relación podría haber salido adelante o si, por el contrario, lo único que podía hacer era alejarse definitivamente de su vida y rehacer la suya sin volver a saber nunca nada más de él. Era como comprar un billete de lotería. Tenía la misma lógica. Sabía que la probabilidad de llevarse el premio gordo era muy pequeña pero, si no jugaba, nunca sabría si habría podido tener la suerte de conseguirlo, y se despertaría el resto de sus días preguntándose qué habría pasado si...

Aunque, probablemente, a él, lo del símil del billete de lotería no le importase demasiado, pensó ella con tristeza mientras el taxi pasaba junto a un hangar del aeródromo, de donde salía un avión de color blanco metalizado que lucía de forma muy llamativa el logotipo de Delikaris Experiences. El aparato rodó en semicírculo hasta detenerse frente a ellos.

Muy pronto iba a darse cuenta de que, a lo largo de aquellos años que habían estado separados, la obsesión de él por el éxito personal había cobrado proporciones gigantescas. Era evidente que su única preocupación había sido ganar dinero y también que había decidido gastárselo adquiriendo bienes y objetos muy llamativos, como aquel jet privado. Si ella hubiera tenido esa suma de dinero habría tratado de hacer algo útil en algún país de África. Movió la cabeza con gesto de desagrado al verle aparecer en la pista. Había llegado a pensar en cierta ocasión que Rion era la antítesis de su padre, pero ahora se preguntaba si no habían sido cortados por el mismo patrón, se dijo con tristeza viendo sorprendida que él mismo pilotaba el avión. Le vio desaparecer de la cabina para volver a aparecer segundos después en la parte superior de la escalerilla, con un aspecto terriblemente sexy. Llevaba unas gafas oscuras de piloto y una camisa blanca de sport con las mangas remangadas que dejaban al descubierto sus brazos bronceados. Sintió un intenso calor por todo el cuerpo y se desabrochó de forma instintiva el botón superior de la blusa de algodón.

—Veo que la idea de estar de nuevo conmigo te ha vuelto tan ardiente que has tenido que desabrocharte el cuello, ¿eh, *gineka mou*? —exclamó él secamente mientras bajaba la escalerilla muy orgulloso de verla allí abajo esperándole.

Cuando el día anterior en su despacho, ella le había dado a entender que tal vez tendría un pretendiente, él se había preguntado si su atractivo sexual, junto con la promesa de un jet privado y la amenaza de un largo procedimiento judicial, podrían ser suficientes para persuadirla de que no siguiese adelante con el divorcio. Pero instantes después, cuando, tras abrir la puerta, ella había caído hacia atrás en sus brazos y él había sentido su cuerpo ardiendo de deseo, ya no le había cabido la menor duda.

—Me alegro —añadió él—. Pero me temo que tendrás que refrenar tus deseos. Aunque el piloto automático de mi jet es excepcionalmente efectivo y de la tecnología más avanzada, creo que no sería prudente dejarle a cargo del vuelo durante todo el tiempo que me gustaría estar contigo en la cabina, haciéndote el amor.

Libby sintió un escalofrío de placer recorriéndole el cuerpo, pero trató inmediatamente de controlarse para que él no se diera cuenta. Confiar en que él hubiese madurado y se mereciese una segunda oportunidad era una cosa, pero creer que él pudiera sentir algo por ella sería una vana ilusión, si no engañarse a sí misma. Y de repente, comprendió la facilidad con que él podría romperle el corazón si ella bajaba la guardia y se dejaba llevar por sus sentimientos.

No, era más seguro abordar la situación desde la perspectiva de que seguir juntos era algo irracional, ya que él no estaba ahora más interesado por ella de lo que lo había estado durante los meses que había durado su matrimonio. Si él le diese alguna evidencia de lo contrario, entonces quizá podría reconsiderar su punto de vista.

–¿Qué hay de malo en hacerlo en la cabina? –dijo ella con descaro y aire desafiante.

Rion se quedó de piedra al oírla. La jovencita ingenua e inocente con la que se había casado se había convertido en una mujer adúltera y experimentada. El día anterior, se había presentado en su despacho pidiéndole el divorcio para rehacer su vida con otro hombre, y ahora, a la primera oportunidad que había tenido, le estaba proponiendo hacer el amor. Sintió una gran frustración, pero también un deseo salvaje de poseerla allí mismo.

Estaba furioso porque, al margen de su conducta, ella siempre parecía recordarle, con sus palabras y sus gestos, que él no nunca llegaría a ser un hombre refinado y con clase. Respiró hondo, tratando de calmarse. Bueno, al menos no sentiría ninguna vergüenza de llevarla a su casa de Metameikos en su jet privado. No como cinco años atrás cuando, después de su triste boda, se vio obligado a llevarla en autobús al apartamento tan mísero que había alquilado, el único que podía permitirse por entonces en una ciudad como Atenas. Aún lo recordaba con desagrado. Desde el primer momento en que abrió la puerta de aquel antro, tuvo el convencimiento de que nunca llegaría a ser lo suficientemente bueno para ella. Nunca, en toda su vida, se había sentido más avergonzado de sí mismo.

Y comprendió que ella también se sentía avergonzada de haberse casado con un hombre como él, sin oficio ni beneficio. Había demostrado tener tan poca fe en él que incluso se había ofrecido voluntariamente a trabajar para sacar la casa adelante. Pero, a pesar de que él había hecho todo lo posible para que ella no tuviera que salir a buscarse un empleo, a pesar de que había tratado de ocultarle los sórdidos detalles de su penoso trabajo diario en el que ponía todo su esfuerzo y dedicación para conseguir tener un casa propia algún día, intuía que nada de eso había sido suficiente para ella y que nunca se había sentido orgullosa de él.

«Y nunca se sentirá orgullosa de ti», le dijo una voz interior como burlándose de él. «Has luchado mucho para llegar a donde estás porque creías que, si triunfabas en la vida, ella volvería a ti sumisa y entregada».

No, eso no era verdad. Ésa no había sido la verdadera razón. Quizá pudiera haberse sentido espoleado el día que ella le abandonó, pero si había luchado con tesón para conseguir el éxito había sido por sí mismo y por su hermano Jason.

Rion trató de alejar aquellos recuerdos, miró a Libby y se apartó de ella.

—Irás en la cabina de pasajeros —dijo él secamente.

No, no había ninguna evidencia de lo contrario, se dijo Libby con amargura, recordando sus vanas esperanzas. Él no estaba interesado por ella. Y cuanto antes lo admitiese, antes podría despejar sus dudas y romper el billete de lotería.

Se agachó ligeramente, como si buscase a otra persona en la cabina de control.

–¿Llevas copiloto?

–No. Vuelo siempre solo.

–Entonces no hay ninguna razón para que no me siente a tu lado –replicó ella desafiante, dirigiéndose muy decidida a la cabina de control.

Sólo cuando él la siguió y se sentó junto a ella, comprendió la lucha que iba a tener que librar consigo misma, estando tan cerca de él durante todo el vuelo, sólo para comprobar que él ya no la deseaba.

–¿Cuánto tardaremos en llegar a Metameikos? –preguntó ella vacilante.

–Algo menos de una hora.

«No da tiempo para nada», pensó ella, tratando de relajarse, mientras él activaba los mandos de la consola de control para poner en marcha el avión. Pero no habían siquiera despegado, cuando ella se sintió ya cautivada por la visión de sus manos fuertes y de dedos largos que manejaban con pericia aquellos instrumentos tan complicados. Y no pudo evitar recordar cómo aquellas mismas manos habían acariciado una vez su piel desnuda.

¡Cielo santo! ¿Por qué el sólo mirarle le hacía pensar en el sexo?

Se revolvió incómoda en el asiento, tratando de encontrar una respuesta lógica.

Tal vez fuese porque él había sido su primer amor, el objeto de sus fantasías de adolescente, y de alguna manera lo había subido en un pedestal, como arquetipo y modelo de hombre atractivo. Pero, aunque su aspecto latino había sido una novedad para ella a los quince años, luego había conocido a muchos otros hombres con esos mismos rasgos: el profesor de idiomas de las clases nocturnas en que se había matriculado como primer acto de afirmación de su libertad, al regresar a Inglaterra; uno o dos de los guías turísticos que Kate, a la que había conocido en la academia de idiomas, le había presentado cuando ella le había hablado de su entusiasmo por los viajes; o la multitud de hombres con los que inevitablemente se había cruzado por el mundo a lo largo de sus viajes como guía turística. Pero ninguno de ellos le había hecho sentir aquel deseo irrefrenable.

O quizá fuera sencillamente que él era el único hombre con el que había hecho el amor, y al igual que los perros del experimento de Pavlov, que salivaban al oír el sonido de la campana porque habían llegado a asociar aquel sonido con la comida, su cuerpo parecía recibir un estímulo condicional al verle, relacionando directamente su olor con el sexo. Sí, probablemente, fuera eso. Sólo tenía que eliminar aquella respuesta condicional para asociarle en seguida con algo negativo, como, por ejemplo, la obsesión que había llegado a tener por el dinero. Suspiró aliviada de haber dado con el remedio a su angustia.

—Y ¿cuándo has aprendido a volar? —preguntó ella tratando de guiar la conversación por terrenos menos espinosos.

—Hace ya algunos años. Fue para buscar nuevas ideas para mi empresa. Se me ocurrió que las lecciones de vuelo podrían ser una experiencia emocionante, como conducir coche deportivos o de lujo. De hecho, ésos fueron los primeros servicios que comercialicé en Delikaris Experiences —respondió él, entregándole unos auriculares mientras enfilaban la pista de despegue.

Era genial, se dijo Libby, recapacitando por primera vez en la forma en que había conseguido hacer aquella fortuna. Había sabido captar los sueños y fascinaciones de las personas y había encontrado la manera de ofrecérselas empaquetadas en una caja con un lazo rosa. Eso había sido siempre lo que mejor se le había dado. Lo que le había llevado a su padre a ascenderle de aparcacoches a agente comercial, y luego a gerente de la sala de exposición y ventas de Ashworth Motors. Él siempre había sabido exactamente qué aspecto de un coche había que resaltar y ensalzar en función de cada cliente: la velocidad y el rendimiento para los hombres al borde de la crisis de los cincuenta; el diseño y el sex-appeal para los locos de la informática que acababan de ganar su primer millón de euros; una gran oportunidad de inversión para el banquero jubilado y las máximas garantías de seguridad para su preocupada esposa.

Pero ¿habían tenido, de verdad, esos clientes alguna vez todo eso que habían soñado? ¿O la realidad había sido muy diferente?, pensó Libby con tristeza, sin poder evitar hacer una comparación con su matrimonio, mientras el avión iniciaba suavemente el despegue.

Casarse con Rion había sido su sueño desde el primer día que le vio. Había ido a llevar a su padre unos papeles que había olvidado y sorprendió a Rion mirándola desde el Ashword Elite 1964 que había estado limpiando. La miró con sus ojos castaños de chocolate líquido y ella se enamoró perdidamente de él, sin pensar que quizá ninguno de los dos estaba preparado para el matrimonio.

No era de extrañar que se hubiera sentido fascinada al verle, pensó ella mientras sobrevolaban Atenas, y el Partenón se veía reducido al tamaño del hotel de un tablero de Monopoly. Porque él no sólo tenía un aspecto muy distinto de los pretendientes que su padre le había buscado, sino que, cuando las miradas furtivas entre ellos dejaron paso a las conversaciones clandestinas, aprovechando las ocasionales ausencias de su padre, ella había descubierto que él era un hombre diferente. Sencillo, modesto y fascinante. En sus charlas con ella, no se había dedicado a alabar a su padre o a calcular la extensión de la finca de los Ashworth, sino a hablar sobre los libros de viajes que a ella le gustaba leer y sobre las costumbres de Grecia, un país que a ella le parecía el lugar más exótico del mundo, pues nunca había salido de Surrey y se había pasado la mayor parte de su vida encerrada entre los muros de Ashworth Manor y sus jardines.

Libby sintió una opresión en las muñecas y los tobillos al recordar cómo su padre consideraba una frivolidad, e incluso una desvergüenza, el simple hecho de que saliera a pasear por el pueblo, o fuera de compras, aunque tuviera ya dieciocho años. Y cómo su madre, influida por el sentimiento de culpabilidad que le había inculcado su marido por no haberle dado un hijo varón, trataba de apoyar todas sus normas.

Y así, durante buena parte de su adolescencia, había mantenido aquellas conversaciones secretas con Rion que habían llegado a convertirse casi en un ritual. Aunque él apenas hablaba de su infancia y no mencionaba nunca a ningún miembro de su familia más que a su madre, que le había llevado a Inglaterra cuando tenía sólo doce años, ella había visto esa reserva suya con buenos ojos. Sin duda, él no había querido hablar de un período difícil de su vida, y ella lo había comprendido porque tampoco ella había querido hablar de su infancia.

Aquellos encuentros habían sido como una válvula de escape para ellos, abriéndoles a un mundo nuevo en el que todo lo anterior carecía de importancia. Y, aunque ella nunca había sido capaz de imaginar que pudiera llegar a casarse con él, ni de cómo podría ser su matrimonio, no había dejado de soñar, durante todo ese tiempo, con vivir en ese nuevo mundo.

Hasta que un día de enero, poco después de haber cumplido los diecinueve años, pasó casualmente por la sala de exposición y ventas y le vio allí esperándola con una sonrisa tan desbordante que incluso ahora sintió un vuelco en el corazón al recordarlo.

—¿Ocurre algo, Rion? —le había dicho ella.

—Tu padre me ha ascendido. Voy a ser el gerente de la sala de exposición y ventas.

—¡Pero eso es fantástico! —había exclamado ella extendiendo los brazos para felicitarle, pero sin llegar a abrazarle por temor a que pudiese malinterpretarse su gesto.

Luego él se había acercado a ella, había tomado sus manos entre las suyas por primera vez y la había mirado fijamente a los ojos.

–Esto significa que por fin voy a tener un sueldo decente.

Ella había asentido con entusiasmo, con las manos temblorosas.

–Hay algo que quiero preguntarte. Es algo que he querido preguntarte desde hace mucho tiempo.

El corazón de Libby había empezado a latir con tanta fuerza, que había tenido que aguzar el oído para poder escuchar las palabras entrecortadas de Rion.

–¿Querrías casarte conmigo, Liberty Ashworth?

Esa vez no lo dudó, abrió los brazos, los cerró alrededor de su cuello y le besó. Era el primer beso que había dado en su vida y fue también el más maravilloso.

–Yo sé que formalmente tengo que pedirte primero a tu padre, pero...

–No... así es perfecto –había susurrado ella.

Y en efecto lo era. Ella había elegido con quién quería casarse, nadie más había intervenido en su decisión, era como entrar en un mundo en el que sólo ellos dos formaban parte.

Pero su padre no estuvo de acuerdo. Sin duda, él no formaba parte de ese mundo de ellos. Cuando fueron a pedirle su consentimiento, Thomas Ashworth despidió en el acto a Rion por su atrevimiento y desfachatez.

–Te he ascendido de aparcacoches a gerente de la sala de exposición y ventas en sólo cuatro años, pero veo que eso no es suficiente para ti, ¿verdad? ¿Cómo te atreves a pedirme la mano de mi hija? Tú no eres digno siquiera de mirarla. He tratado de ayudarte, y ¿así es como me lo pagas? –exclamó el señor Ashworth fuera de sí.

Y luego se encaró con Libby y le dejó claro que, si no cortaba inmediatamente su relación con Orion, dejaría de considerarla su hija a todos los efectos.

Su padre había querido proferir aquellas palabras como una amenaza, pero habían sido para ella un revulsivo, la ocasión para cambiar su vida de represión por la libertad. Pero hasta que no se fugó a Atenas con Rion no se dio cuenta de que había sido una ingenuidad por su parte creer que podrían seguir viviendo en ese mundo imaginario y que el matrimonio podría darle la autonomía que ella necesitaba de forma tan desesperada.

Libby suspiró de forma entrecortada al contemplar por la ventanilla del avión un paisaje más rural. Se pasó la mano por el pelo, lamentando haber recordado de nuevo el pasado con tanto detalle. Pero ella era así. Siempre había tenido muy buena memoria. Había sido una cualidad muy positiva en su trabajo. Recordaba con sumo detalle todas los tours turísticos que había leído alguna vez en una guía. Eso era lo que le había convencido a Kate para contratarla a pesar de que no tenía ninguna experiencia. Pero esa supuesta virtud parecía ahora una maldición.

–¿Qué negocios tienes en Metameikos? –preguntó ella, dispuesta a alejar de sí todos los recuerdos del pasado.

–Por un instante pensé que te había comido la lengua un gato –replicó él con una sonrisa–. ¿En qué estabas pensando?

–En nada en particular.

–¿No? Hubiera jurado que me estabas mirando las manos, recordando lo que sentías cuando te tocaba.

–¡Vaya! Veo que, además de saber pilotar un avión, eres capaz de leer la mente de las personas, ¿eh? –dijo ella con las mejillas encendidas–. Parece que has desarrollado mucho tu talento en estos últimos cinco años.

–No era la mente lo que te estaba leyendo, sino el cuerpo, *gineka mou*.

Muy consciente de su habilidad para embaucarla, Libby decidió retomar el tema original de la conversación.

–Bueno, ¿qué negocios tienes en Metameikos?

–Tengo que asistir a algunas reuniones y luego a algunos actos sociales en los que tendré que pronunciar algunas palabras. Además, tengo que arreglar algunas cosas en mi casa antes de establecerme allí de forma permanente.

Libby se quedó realmente sorprendida de la noticia. Él apenas le había hablado de Metameikos en el pasado, y desde luego nunca había expresado el menor deseo de volver allí algún día.

–¿Tienes intención de fijar tu residencia en Metameikos? Nunca pensé que ese lugar significara tanto para ti.

–Es sólo por cuestión de negocios –respondió él sin mover apenas los labios.

–Sin embargo, la sede central de tu empresa está en Atenas, ¿no así?

–Efectivamente.

Libby frunció el ceño. No podía sorprenderse de que él no sintiera ningún tipo de vínculo emocional por un lugar determinado, especialmente ahora que parecía no sentir apego más que por el dinero. ¿Por qué se trasladaba allí? Ella no sabía gran cosa sobre Metameikos, en comparación con todo lo que sabía de muchas otras partes del mundo, pero tenía claro que no era Atenas. Metameikos era la única provincia independiente de Grecia y estaba más o menos dividida en dos. Una, en la que Rion se había criado, era una de las zonas más pobres de todo el país, mientras que la otra estaba plagada de residencias de lujo y fincas de millonarios. Si no recordaba mal, en medio de ambas zonas había un antiguo anfiteatro muy bien conservado. No era difícil adivinar a cuál de las dos zonas se dirigían ahora, pero lo que sí constituía para ella un misterio era la razón por la que él quería establecerse allí.

–Espero abrir también una delegación en Metameikos muy pronto.

Libby asintió con la cabeza, no muy convencida del todo. Si tenía en proyecto diversificar y cubrir todas las actividades de la industria del ocio, no cabía duda de que aquel lugar era idóneo para los deportes acuáticos y similares, pero, aun así, no acababa de entenderlo. Tal vez fuera una especie de paraíso fiscal.

—Entonces, ¿tus reuniones de las próximas semanas tienen que ver con eso?

—Indirectamente, sí –respondió él vagamente–. Esta noche asistiremos a una representación que tendrá lugar en el anfiteatro.

—¿Una obra de teatro? –exclamó ella sorprendida, no sólo porque él estuviese dispuesto a invertir su tiempo en algo que no fuese revisar balances y cuentas de explotación, sino también porque quisiera que ella le acompañase.

Rion apretó los dientes. Sin duda, ella pensaba que un hombre como él era incapaz de disfrutar de un poco de cultura.

—¿Cómo es que te muestras tan decidida a aparcar nuestro pasado cuando es obvio que nunca podrás olvidar el mío?

—¿Qué me quieres decir con eso? –preguntó ella con el ceño fruncido.

—Que hay muchas cosas que han cambiado.

—¿De veras? –dijo ella con un destello de esperanza en el corazón, mientras el avión tomaba tierra con una maniobra impecable.

—¿Por qué no lo compruebas tú misma? –dijo él, inclinando la cabeza para contemplar la extensa propiedad que se perdía en el horizonte–. Ya estamos aquí.

Capítulo 4

HABÍAN cambiado muchas cosas, le había dicho. Seguramente se había referido a la nueva casa que ahora tenía y al coche de lujo que conducía, pensó Libby con desaliento, mientras se dirigían desde el aeródromo hacia la espléndida propiedad que se divisaba a lo lejos. Iban en su Bugatti último modelo, el único coche del mundo, si su memoria no le engañaba, que valía más que el Ashworth Liberty de 1958, el coche que su padre había bautizado con su nombre por ironías de la vida.

Pero, aunque todo apuntaba a que la casa de Rion sería una más de esas extravagantes y ostentosas villas de la zona más opulenta de Metameikos, conforme se iban acercando, Libby descubrió para su sorpresa que no era así.

Era una casa de época, toda de piedra, con dos plantas y una escalera exterior, flanqueada por una hilera de macetas de terracota rebosantes de flores. Todas las ventanas lucían unas preciosas persianas de madera. La casa, a pesar de lo grande que era, no resultaba ostentosa ni desangelada, sino más bien sencilla y acogedora. Parecía la casa de una familia formal y bien avenida. Más aún, a juzgar por lo que ella había visto durante el trayecto, estaba situada casi en la frontera entre las zonas rica y pobre de la provincia, y justo enfrente del impresionante anfiteatro de la Grecia antigua.

–¿Por qué elegiste este lugar? –preguntó ella, pasando la mano por el muro de mampostería, convencida de que le contestaría que él no había elegido el sitio, sino que había dejado esa decisión a alguno de sus empleados.

Rion detuvo el coche al llegar a la entrada y se quedó pensativo un instante en el asiento, recordando cómo Jason y él solían sentarse en otro tiempo en la parte más alta de las gradas del anfiteatro para contemplar desde allí aquella casa que constituía el hogar de una familia rica y acomodada. Llegar a ser un día propietarios de aquella mansión había sido su mayor ambición toda la vida. Hasta que Jason murió y luego ella lo abandonó.

–Cuando era niño, me juré que esa casa llegaría a ser mía algún día –respondió él bruscamente.

Hizo un gesto a Libby para que entrara con él en la casa, pero ella se quedó parada en el umbral, sorprendida no sólo de descubrir que él sintiera un cierto apego por Metameikos, sino de que por primera vez le hubiera contado algo íntimo de su infancia.

Rion volvió la cabeza y vio lo pensativa que estaba.

–Es un poco tarde para ponerse ahora a reflexionar sobre nuestra relación, *gineka mou.*

–No, no estaba pensando en eso –respondió ella, quizá demasiado precipitadamente–. Estaba sólo admirando la casa.

Rion la miró con ironía, convencido de que no decía del todo la verdad. Pensó que quizá se estaba preguntando, al ver aquella casa, por qué no se le había ocurrido exigirle la mitad de todas sus propiedades en su demanda de divorcio,

–Nunca me imaginé que fuera tan... –dijo ella admirando la decoración del hall.

Pero, antes de que pudiera encontrar la palabra adecuada para describir la impresión que le había producido la casa, se escucharon unos pasos acercándose a ellos.

Rion se dio la vuelta y se fue hacia la escalera.

–Eurycleia –exclamó él, con una cálida sonrisa.

Libby miró hacia arriba y vio a una mujer de sesenta y tantos años bajando la escalera con un plumero en la mano.

Rion se dirigió a la mujer, hablando en griego.

–La casa tiene un aspecto fantástico. Espero que no se haya pasado limpiando todo el día.

Los ojos de la mujer cobraron un brillo especial cuando, a dos escalones del final, su cabeza se puso a la altura de la Rion. Le agarró la cabeza con las dos manos como si fuera su madre y le dio un beso en la frente.

–Usted sabe que lo hago con gusto. Bienvenido a su casa.

La mujer alzó los ojos entonces y se dio cuenta de la presencia de Libby.

–Orion Delikaris –dijo Eurycleia, apuntando a Rion con el plumero–. ¿Es usted tan maleducado que va a dejar que su invitada se quede ahí de pie como un pasmarote sin ni siquiera presentarnos?

Rion suspiró y movió la cabeza con gesto de resignación, al tiempo que esbozaba una sonrisa.

–Libby –dijo él–. Ésta es Eurycleia, mi ama de llaves y una vieja amiga muy querida. Eurycleia, te presento a Libby... mi esposa.

Eurycleia abrió los ojos como platos y luego dio un suspiro de satisfacción, juntó las manos y corrió a saludar a Libby dándole un beso en cada mejilla.

Libby se quedó sorprendida. No por la cordial acogida de Eurycleia, sino por la forma en que Rion la había presentado. Él nunca había dicho antes en Atenas que tuviera una esposa y ella no tenía ningún motivo para pensar que hubiera cambiado ahora de opinión. Porque, seguramente, el que se divulgara que estaba casado no resultaría nada beneficioso para él, dada la situación de su matrimonio. A menos que... estuviera convencido de que finalmente iba a funcionar.

Libby sintió la sangre agolpándose en las sienes. Trató de serenarse. Eurycleia parecía una buena mujer en la que se podía confiar, pero ¿qué importancia podía tener eso?

–Encantada de conocerla, Eurycleia –dijo ella también en griego.

Rion se quedó asombrado de que Libby hablara su idioma, pero no dijo ni una palabra.

–Hermosa e inteligente –dijo Eurycleia suspirando de nuevo, complacida.

–Gracias, Eurycleia, por su dedicación y su trabajo –intervino bruscamente Rion–. Pero Libby y yo tenemos que asistir a la representación de teatro de esta noche y apenas nos queda tiempo para refrescarnos un poco y vestirnos. ¿Le importaría dejarnos ahora?

Eurycleia puso de repente un gesto de preocupación como si le acabara decir que se disponía a irse a la guerra.

–Por supuesto. Recogeré mis cosas y me iré. Hay unas galletas y un poco de miel fresca en la cocina, si les apetece –replicó ella tocando a Rion afectuosamente el brazo mientras se retiraba.

–Gracias –dijo él–. Por cierto, ¿le importaría tomarse libre las dos semanas próximas? Pagadas, claro está. A Libby y a mí nos gustaría estar solos unos días.

Eurycleia pareció momentáneamente ofendida, pero luego asintió con la cabeza respetuosamente y se dirigió escaleras arriba.

–Y aproveche para pasárselo bien con ese novio que se ha echado –le dijo Rion riendo, con inusitado buen humor.

Eurycleia se llevó las manos la cabeza en señal de protesta.

–Es sólo tres años más joven que yo. ¡Tiene sesenta y dos! –dijo ella dirigiéndose a Libby, y luego exclamó mirando a Rion–: ¡Lo dice usted de una forma como si él tuviera veinte años!

Libby sonrió por el comentario de la mujer, pero en cuanto ella se perdió de vista en la planta de arriba, siguió a Rion a la sala de la casa que hacía las veces de cocina y cuarto de estar y le miró muy digna.

–No creo que fuera necesario decirle esas cosas.

Rion frunció el ceño, malinterpretando lo que Libby había querido decirle.

–¿De veras? ¿No te parece que cuando una persona lleva tanto tiempo cuidándote con tanta dedicación uno debería procurar no herir su sensibilidad?

–¿Quieres decir que Eurycleia podría darse cuenta de que nuestro matrimonio no es lo que parece? –preguntó ella confundida.

–No, Libby. Quiero decir que si Eurycleia entra un día y nos encuentra haciendo el amor en la ducha, o en la mesa de la cocina, o tirados en la alfombra...

Libby sintió que el corazón se le desbocaba en el pecho y trató de alejar, a duras penas, el aluvión de imágenes eróticas que las palabras de Rion le traían a la memoria.

–El hecho de que seas legalmente mi marido no significa que tengas que hacer el amor conmigo, Rion.

Rion la miró fijamente, buscando en sus ojos la prueba fehaciente de que estaba tratando de hacerse la ingenua de nuevo. Pero no pudo ver nada. Se quedó pensativo. ¿Era posible que ella creyera realmente que él no la deseaba? Sí, comprendió de repente. No era extraño que ella lo pensase. Un hombre íntegro no desearía a una esposa que no le creía lo suficientemente bueno para ella, una esposa que le había abandonado y que probablemente le había sido infiel. Sonrió con amargura. Debía de ser la primera vez que ella le había sobreestimado.

–No –gruñó él–. La verdad es que no tendría que desearte. Pero mi cuerpo piensa de otra forma.

Libby le miró con recelo, pero antes de que tuviera tiempo de preguntarse si había algo de verdad en sus palabras, él la sacó de dudas, agarrándola de la cintura y estrechándola contra su cuerpo hasta hacerle sentir la dureza de su erección sobre la parte baja de su vientre.

–¿Te convences ahora? –susurró él.

Libby comenzó a sentir un calor líquido corriendo por las venas. Dio un paso atrás, pero él la apretó otra vez contra su cuerpo, y le obligó a mirarle a los ojos levantándole la barbilla con el dedo índice.

–Te deseo.

No, no era posible. Ella sabía que no podía serlo, porque... Trató de buscar la mirada de indiferencia que había visto en su rostro durante su matrimonio cada vez que habían hecho el amor. Pero no pudo verla ahora.

Parpadeó varias veces y lo intentó de nuevo.

Pero siguió sin verla. A menos que se engañara a sí misma, aquella mirada parecía haber desaparecido, ya no estaba allí. Lo único que veía era su ardiente deseo.

–Y sé que aunque no quieras reconocerlo, tú aún también me deseas, ¿verdad, Libby? –dijo él con la voz entrecortada, bajando la cabeza lentamente hasta acercar la boca a la suya.

Ella sintió el calor de su aliento entre sus labios.

–Yo... –comenzó diciendo ella con un nudo en la garganta mientras él utilizaba el dedo que había puesto en su barbilla para acariciarle suavemente un hombro y luego deslizarlo un poco más abajo hasta rozar la cara externa de su pecho con el dorso de la mano.

Libby sintió que sus pezones se ponían duros y erectos.

–Estaré fuera... ¡Oh, perdón!

Libby y Rion se sobresaltaron al ver a Eurycleia asomando la cabeza por la puerta y luego desapareciendo precipitadamente como por encanto.

Rion dejó a Libby tambaleándose en mitad de la cocina y se dirigió a la puerta sin ningún pudor.

–Gracias, Eurycleia. Que se divierta.

–Lo procuraré –replicó ella, asintiendo con la cabeza, mientras corría avergonzada hacia la puerta de entrada diciendo adiós con la mano.

Rion cerró la puerta nada más salir ella y se volvió hacia Libby.

–¿Entiendes ahora por qué le dije a Eurycleia que se fuera, *gineka mou*?

Libby podía sentir los pechos subiendo y bajando agitadamente, pero estaba demasiado confusa para decir nada. ¿Era posible que realmente la desease? Se había jurado que no cambiaría la opinión que tenía de él hasta que no tuviera una evidencia de ello. Pero ¿qué más evidencia necesitaba que aquella prueba tan sólida y contundente que acababa de sentir en su propia carne?

Rion echó un vistazo al reloj.

—No sabes lo mucho que me gustaría poder terminar esta demostración, pero me temo que tendremos que dejarlo para dentro de unas horas —dijo él—. Faltan sólo cuarenta y cinco minutos para que comience la representación y supongo que querrás cambiarte, ¿no?

Libby miró la blusa arrugada que llevaba y asintió con la cabeza, mientras se cruzaban algunas ideas confusas por su mente. La obra de teatro. El deseo de Rion por ella. ¿Qué otras cosas más podían haber cambiado?

—El cuarto de baño está en la planta de arriba. Es la segunda puerta a la derecha según se sube la escalera. Estate preparada para salir en veinticinco minutos.

Libby se duchó y se puso un vestido de estilo gitana, y estuvo lista en poco más de quince minutos. Pero cuando se acomodaron poco después en las gradas del anfiteatro, en las que se habían dispuesto unas mantillas y unos cojines para hacer los asientos de piedra un poco más confortables, sólo deseaba poner en orden sus pensamientos. Eurycleia no era la única persona a la que Rion le había dicho que ella era su mujer. Acababa de presentarla como su esposa al hombre que les había acompañado a sus asientos, y también a la pareja de ancianos que estaba sentada junto a ellos.

Una vez comenzada la obra, una adaptación de *La odisea* de Homero por la compañía de teatro local, y el bullicio de los asistentes había dado paso a un silencio sepulcral, ella no pudo seguir negando lo que aquel gesto significaba. Ella había querido tener una evidencia de su sinceridad, de que él quería realmente dar a su matrimonio una segunda oportunidad, para convencerse de que aún era posible recuperar lo que había habido una vez entre ellos antes de que las cosas se torciesen. Y, aunque seguía pensando que la posibilidad de que aquello saliera bien era muy baja, tenía que admitir que él le había dado esa prueba que buscaba. Le había devuelto la esperanza.

Y eso era a la vez excitante y aterrador. Porque ella quería abrirle el corazón, pero aún había muchas cosas que no sabían el uno del otro, muchas cosas que podrían separarles, y comprendía que aún era demasiado pronto, demasiado peligroso y demasiado fácil dejarse seducir por el encanto del momento. La noche estaba empezando a caer y las estrellas comenzaban a brillar en el firmamento. La constelación de Orión, bien visible aquella noche, siempre le recordaba a él en cualquier lugar del mundo en que se estuviese. Hasta hacía sólo unas horas, había estado convencida de que mirar esa constelación que llevaba su nombre sería lo más cerca que podría volver a estar de él de nuevo.

Ahora en cambio, comprendió lo fácil que resultaría dejarse seducir por la forma en que él le había echado la mantilla sobre los hombros y había dejado luego afectuosamente allí la mano. Prestó atención a la escena. Era el momento en que se representaba el desenlace final de las aventuras de Ulises, cuando su esposa Penélope y él se volvían a ver después de tantos años de ausencia.

Pero ninguno de los dos parecía estar muy convencido de la identidad del otro y sus dudas no se desvanecieron hasta que cada uno dio una prueba de ello al otro. Libby pensó lo pertinente que era aquella obra. Parecía reflejar fielmente su propio matrimonio. Se hubiera dicho que Rion la había llevado allí precisamente por eso. Pero no, él ya tenía planeado ir allí solo mucho antes de que ella se presentase el día anterior en su despacho. Sí, la reacción de Eurycleia cuando él le dijo que iban a asistir a aquella representación lo había demostrado.

Sólo había sido sólo una casualidad, o quizá, simplemente, era que los dramas clásicos griegos estaban tan llenos de verdades universales que resultaban aplicables a todo el mundo, y sus historias conservaban su vigencia a lo largo de los siglos. Sí, el Rion que estaba sentado ahora junto a ella era un hombre diferente que estaba tratando de encontrar su propia identidad. Igual que Ulises había necesitado hacer solo aquel largo y aventurado viaje para reencontrarse luego con su esposa.

Miró a Rion de reojo. ¿Podía ser posible que fuera eso lo que él estaba pensando? ¿Que cuando se casó con ella era aún demasiado joven e inmaduro y había necesitado darse tiempo y espacio para hacerse antes su propio camino en la vida, tal como ella misma había hecho? ¿Podía estar pensando que estaba preparado ahora para el matrimonio y que los sentimientos que les habían unido en otro tiempo seguían tan vivos como entonces?

De repente, el público rompió en cálidos plausos. Libby había estado tan lejos que se sobresaltó al oír la ovación, pero se recompuso rápidamente y se unió a ella con entusiasmo, temerosa de que, si él se daba cuenta de su distracción, pudiera empezar a hacerle preguntas que ella no estaba preparada aún para responder.

Mientras los actores saludaban al público y se retiraban de escena, Rion se levantó y la llevó del brazo, a través de los grandes peldaños de piedra, hasta la salida. La calle, donde apenas había una cuantas mesas cuando habían llegado, estaba ahora repleta de puestos ambulantes, vendiendo toda clase de comidas y bebidas imaginables.

–Esta representación ha sido sólo la primera parte de la *panigiria* local –le explicó él–. El resto de los actos se celebrarán mañana por la mañana –añadió, acercándose a uno de los puestos, y pidiendo dos pequeños vasos de una bebida dorada, tras intercambiar algunas bromas con el anciano vendedor–. Éste es el licor típico de mi tierra. Está endulzado con miel. Pruébalo.

–Gracias –dijo Libby tomando el vaso y echando un pequeño trago.

Probar las comidas y bebidas de los sitios por lo que viajaba había sido siempre una de sus aficiones favoritas. Las fotos que ilustraban los libros y guías turísticos que había devorado desde que era niña le habían dado una idea de cómo eran los diferentes países del mundo, pero descubrir realmente su sabor era algo que sólo se podía conseguir cuando se había estado en ellos.

–Es delicioso.

Él asintió con la cabeza.

–Ven, me gustaría mucho presentarte a una persona.

¿Quién podría ser?, se dijo ella, con el corazón latiéndole apresuradamente en el pecho.

–Se llama Georgios –añadió él, mirando atentamente a la multitud–. Es el alcalde.

Por un momento, Libby se quedó estupefacta de que él pudiera conocer a alguien tan importante, pero en seguida cayó en la cuenta de que Rion era probablemente el residente más famoso de Metameikos. Pero justo cuando Rion pareció descubrir a Georgios entre la gente y se dirigía ya con ella del brazo a saludar al alcalde, escucharon una voz sonora como un trueno detrás de ellos.

–Ah, Delikaris. Debería haberme imaginado que no dejaría pasar esta oportunidad.

Libby se dio la vuelta y vio que la voz pertenecía a un hombre corpulento, con la cabeza calva y un enorme bigote.

–Spyros –contestó Rion, inclinando cortésmente la cabeza, aunque Libby pudo notar el tono de hostilidad en su voz.

Probablemente, Spyros también lo hubiera advertido, pero no se dio por aludido.

–Me alegra ver que está haciendo uso de los puestos que yo he autorizado esta noche –dijo él mirando los vasos que tenían en la mano.

–¿Se refiere a los puestos de los hombres que llevan vendiendo aquí más de cuarenta años, pero que ahora tienen que pagarle un impuesto a usted por ese privilegio? –exclamó Rion muy sereno pero en tono de reproche.

–Es todo por el bien de la comunidad –respondió Spyros con una sonrisa desagradable–. Yo sólo doy mi autorización a aquéllos cuyos productos cumplen las normas de higiene y seguridad.

–Eso es algo que han venido haciendo toda la vida. Ellos no venden nada que no pudieran tomar también sus propias familias.

–Bueno, a todos nos gustaría que así fuera, pero toda precaución es poca en estos días. Es importante saber exactamente con quién está tratando uno. Por cierto... –dijo Spyros recorriendo lascivamente el cuerpo de Libby con la mirada–. Creo que no nos han presentado.

Libby sintió que se le ponía la carne de gallina. Se llevó instintivamente las manos al pecho, deseando tener en ese instante la mantilla que Rion le había puesto sobre los hombros durante la representación.

–Le presento a Libby –dijo Rion de mala gana.

–Libby –repitió Spyros de forma tan procaz que ella, al oírlo en sus labios, sintió por primera vez en su vida más odio por la forma abreviada de su nombre que por el de pila–. Veo que ha decidido cambiar de táctica, ¿eh? –añadió volviéndose ahora hacia Rion–. ¿Para qué tener a las amantes encerradas con llave cuando todo el mundo sabe que tiene una distinta para cada día de la semana? Tengo que reconocer que tiene agallas. ¿O es sólo una señal de que ya da por hecha la derrota?

Libby frunció el ceño, preguntándose de qué demonios estaba hablando aquel hombre. Pero las imágenes nauseabundas de siete mujeres ligeras de ropa, cada una con una etiqueta puesta de lunes a domingo, se habían instalado ya en su mente como para poder pensar en otra cosa diferente.

–Me temo que se equivoca como siempre –dijo Rion entre dientes–. Da la casualidad de que Libby es mi esposa.

Spyros desvió la mirada de ella, se quedó un par de segundos mirando a Rion fijamente y luego soltó una sonora carcajada.

–Tengo que conceder que tiene mucha imaginación. Pero no pensará que se va a tragar nadie esa historia, ¿verdad? –dijo Spyros señalando a la multitud de personas que charlaban animadamente por entre los puestos, y luego añadió volviéndose hacia Libby–: Dígame, ¿cuánto le paga por representar el papel de su esposa? Espero que sea generoso. Después de todo, el sexo y la política son las dos profesiones más viejas del mundo.

Rion se puso tan tenso que pareció incluso algo más alto de lo que ya era. Hizo ademán de lanzarse sobre aquel hombre, pero antes de que diera el primer paso, Libby se interpuso entre ellos. Ella no sabía lo que estaba pasando realmente, pero la prepotencia de Spyros y su falta de respeto le traían el recuerdo amargo de su padre de forma tan vívida y desagradable que no pudo permanecer callada por más tiempo.

–No sé bien cuáles son sus intenciones, pero puedo asegurarle que estamos casados.

Rion la miró, y ella creyó ver un brillo especial en sus ojos. No estaba segura si de orgullo o de horror.

–¿No me diga que la ha convencido para que pase por todo esto? ¿Cree realmente que la gente es tan estúpida como para creer que es capaz de enamorarse de una mujer y convertirse de la noche a la mañana en un respetable hombre de familia?

–¿De verdad, lo piensa? –dijo Rion, fingiendo reflexionar en sus palabras–. Afortunadamente, Libby y yo llevamos casados cinco años –hizo una pausa para ver la cara de Spyros antes de proseguir–. Hemos estado separados un tiempo, sí, pero ¿qué matrimonio no pasa por un mal momento? Yo diría que los que aparentan ser perfectos son los más sospechosos de no serlo.

La expresión engreída y presuntuosa de Spyros se tornó en pura malevolencia.

–Usted no va a ganar, Delikaris –dijo volviendo la cabeza y lanzado una mirada fulminante a la multitud–. Usted no es mejor que ellos.

–No, yo no creo que lo sea –respondió Rion–. Ésa es la diferencia entre nosotros.

Rion trató de dominar el impulso que sentía de demostrar a Spyros que ésa no era la única diferencia entre ellos y que, si volvía a insultar otra vez a su mujer, lo pagaría muy caro, pero sabía que con eso sólo conseguiría ponerse a su altura. En lugar de ello, tomó a Libby del brazo y se despidió de su rival político con una sonrisa cortés pero llena de desprecio.

–Ahora, si nos disculpa, nos disponíamos a ir a saludar a Georgios.

Libby vio cómo Spyros muy enojado se abría paso entre la multitud y se reunía con un hombrecillo de aspecto sucio y una mujer grande que llevaba un vestido muy llamativo y chillón, que debía de ser su esposa. Se fijó luego por un instante en dos muchachos que jugaban a imitar el enfrentamiento entre Ulises y el cíclope. Uno tenía un ojo cerrado y el otro empuñaba un programa de la obra, enrollado a modo de canuto, y luchaban entre ellos armando una gran polvareda.

Libby les habría aplaudido si no se hubiera sentido sumergida ella misma en aquella nube de polvo. Y tuvo la horrible sensación de que, cuando aquella nube se despejase, podría dejarle al descubierto una verdad que ella no quería ver. Se volvió entonces hacia Rion, que seguía mirando descaradamente a la multitud, tratando de encontrar de nuevo al alcalde.

–¿Te importaría decirme lo que ha pasado?

–¿A qué te refieres?

–A ese hombre, Spyros, o como quiera que se llame. ¿Quién es? ¿Qué tiene que ver contigo?

–Es el que manda actualmente en Metameikos –respondió Rion con ira contenida.

Ella ató cabos con esa información y con lo que había podido comprender de la conversación anterior entre ese hombre y Rion.

–¿Y qué? ¿Es tu rival político en algún tipo de elecciones?

Antes de que él asintiese con la cabeza, comprendió por su expresión que había dado en el clavo. Por eso Eurycleia se había mostrado tan respetuosa cuando él le había dicho que iban a ir allí esa noche, por eso quería presentarle al alcalde, por eso...

Libby se sintió como si los frágiles hilos que mantenían su corazón aún suspendido en el pecho se acabasen de cortar.

Ésa era la verdadera razón por la que se había negado a firmar la petición de divorcio y la había invitado a ir allí con él. No porque quisiera darle una segunda oportunidad a su matrimonio, sino porque pensaba que, representando, durante un par de semanas, el papel del hombre de familia respetable en la comunidad de aquella ciudad, podría conseguir algunos miles de votos más.

–¿Y cuándo pensabas decírmelo? –explotó Libby, muy enojada consigo misma por pensar que él podría haber cambiado.

–¿Te importa si seguimos esta discusión en otra parte que no sea delante de todo Metameikos? –dijo él en voz baja, procurando alejarla de la gente que empezaba a arremolinarse alrededor suyo.

Libby muy enfadada trató de soltarse del brazo de él.

–Oh, claro, naturalmente. No sería propio de tu esposa montar una escena como ésta, ¿verdad?

–No, no es eso –dijo con mucha naturalidad, como si ella fuera la que estuviera siendo poco razonable–. No es ningún secreto, son unas elecciones públicas, *gineka mou*. Lamento que no estuvieras al tanto de mi candidatura, pero llevas cinco años fuera y es natural que haya algunas cosas que desconozcamos el uno del otro.

Ella levantó un poco la cabeza para mirarle mejor. Allí, de pie y con el anfiteatro justamente a su espalda, parecía el propio Alejandro Magno. Sintió un odio repentino hacia él.

—No me importa si hay un millón de cosas que no sé de ti, Rion. Lo que no me gusta es que me mientas y me utilices de comparsa para engañar a la gente sin siquiera saberlo.

Él soltó una carcajada de escepticismo.

—¿Te quejas por las personas inocentes de Metameikos, o por ti misma?

—Por ambas.

—Spyros es la corrupción personificada, como lo fue su padre. Gobierna esta provincia a base de mentiras. No creo que yo haya hecho ningún mal a la gente de Metameikos por asistir a una obra de teatro con mi esposa.

—Me engañaste, Rion. Me dijiste que no querías firmar los papeles del divorcio porque querías ver si podía haber ahora una segunda oportunidad para nosotros.

—Y así es. Estoy convencido de ello. El hecho de que esta quincena coincida con las elecciones es algo irrelevante.

—Entonces, si me voy, no afectará a tus planes, ¿verdad? —dijo ella muy airada.

—¿Afectar a mis planes? No, en absoluto —respondió él sonriendo despectivamente—. Pero me temo que sí puede afectar a los tuyos. Si te vas, no firmaré nunca los papeles del divorcio, *gineka mou*.

Capítulo 5

ERES un malnacido, eso es un chantaje –exclamó ella fuera de sí, dirigiéndose hacia el polvoriento camino que conducía a la casa de Rion.

Aunque le hubiera gustado volver con él al bullicio de la *panigiria*, para que todo Metameikos pudiera enterarse de lo vil que era, ella necesitaba un poco de espacio abierto.

–No tienes por qué enfadarte, *gineka mou* –dijo él alcanzándola en un par de zancadas–. El acuerdo fue que pasaríamos juntos dos semanas para averiguar si nuestro matrimonio podía funcionar, y aún estoy dispuesto a demostrarte que eso es posible.

¡Santo Dios! Con qué facilidad salían las mentiras de su boca.

–¿Vas a seguir fingiendo que me deseas sólo porque te resulta ventajoso para tu campaña el que la gente me vea a tu lado?

–No me sueltes sermones –dijo él, medio refunfuñando, agarrándola por la muñeca y obligándola a que se diera la vuelta para que le mirara a la cara–. Puedes decir lo que quieras: que yo no te deseo, que tú no me deseas, que tratas de mantenerte fiel a ese amante que tienes de reserva... Pero ambos sabemos que hay algo que está pasando entre nosotros... y que habría pasado ya si no nos hubieran interrumpido.

Rion no le dio tiempo a reaccionar. Cuando ella se quiso dar cuenta de lo que estaba pasando, él ya había sellado sus labios con los suyos, lleno de deseo y pasión. Y, antes de que pudiera pensar siquiera si aquello era sensato o no, su cuerpo ya había respondido de manera natural, devolviéndole el beso con la misma intensidad y entusiasmo que él.

No era lo más sensato, por supuesto, pero, para cuando ella llegó a esa conclusión, la voz de la razón de su cerebro era ya inaudible, acallada por la liberación embriagadora de cinco años de deseos insatisfechos y reprimidos. Sintió un calor súbito en el vientre cuando él la aplastó materialmente contra su cuerpo y hundió una mano entre su pelo mientras le echaba la cabeza un poco hacia atrás para que poder explorar su boca más a fondo. Ella le dejó hacer, porque necesitaba creer que al menos algo de lo que había pasado en las últimas veinticuatro horas había sido real.

Por un instante, mientras comparaba la fuerza de la pasión de Rion con la de sus recuerdos, dio un margen a la posibilidad de que tal vez... Sí, él querría gobernar, e incluso poseer, la mitad del mundo, pero quizá la desease también a ella.

Sin embargo, una voz interior parecía repetirle las palabras que él acaba de decirle: «Puedes decir lo que quieras..., que tratas de mantenerte fiel a ese amante que tienes de reserva...». Y entonces estalló la burbuja.

Sí, Rion la deseaba, pero no porque se hubiera dado cuenta de eso de repente. Había llegado a la conclusión de que ella quería el divorcio para poder casarse con otro hombre, y la idea de que la poseyera otro había actuado en él como el capote rojo para un toro. No es que fuera realmente celoso, sino que la oportunidad de demostrarle que él podía satisfacerla mejor que ningún otro hombre era superior a sus fuerzas. Era un reto, otra competición que ganar.

Sintió como si le hubiera caído un jarro de agua fría al comprenderlo. Se apartó de él.

—No tengo ningún amante —dijo ella de repente.

Sabía que esa confesión podía acarrear muchas preguntas, pero era la única manera de erradicar el peligro.

Rion la miró con escepticismo, y luego contempló el espacio que ella había creado entre ellos.

–¿Crees que fingiendo ahora que ese hombre no existe, vas a evitar que yo me entere de todo?

Libby negó con la cabeza.

–¿Crees que, si tuviera un amante, le traicionaría viniendo aquí sin más ni más?

Rion no sabía qué diablos pensar, pero el hecho de que ella hubiera utilizado el verbo traicionar era el reconocimiento que él había estado esperando.

–Así que confiesas que tus intenciones conmigo han sido lascivas desde que entraste en mi despacho, ¿verdad, *gineka mou*?

–Lo único que estoy confesando es que nunca habría dejado que me presentases en público como tu esposa si, al hacerlo, pudiese humillar a otra persona.

–Ya veo –dijo él con la ira dibujada en su rostro–. Si te hubieras casado con alguien menos humillante, alguien tan refinado y moralmente intachable como tú... Pero ¡oh, no! ¡Espera un momento! ¿No eres tú, que te has pasado los últimos diez minutos acusándome de faltar a la verdad, la que has estado mintiendo sobre ese hombre todo el tiempo?

Las mejillas de Libby cobraron un intenso color rojo.

–Suponías que...

–De la misma manera que tú suponías que mi viaje aquí tenía que ver con Delikaris Experiences. Fuiste tú la que diste un paso más para poder seguir con tu mentira. ¿Por qué?

–Pensé que eso te ayudaría a ver con mayor claridad la conveniencia de firmar los papeles del divorcio. Parecías muy seguro de que lo único que yo quería era tu dinero, y necesitaba que te convencieras de que no era así.

–¿Y por qué has estado entonces todos estos años...?

–Ya te dije que...

–Oh, sí, me dijiste que el divorcio era la salida más lógica en las circunstancias actuales. Pero ya has vivido con la humillación de ser mi esposa durante cinco años. ¿Por qué, de repente, encontraste ilógico seguir casada conmigo? Está en quiebra la Ashworth Motors, ¿no es eso? Estás aquí porque abrigas la esperanza de conseguir con el divorcio el dinero suficiente para poder sacar a flote la empresa de tu familia y no tener tú que seguir trabajando un día más, ¿verdad?

Libby respiró angustiada y comenzó a caminar de nuevo en dirección a la casa.

–Me gusta mi trabajo –dijo ella con la voz apagada–. Ya te lo he dicho y te lo vuelvo a repetir, no quiero tu dinero. Después de pensarlo bien durante estos años he llegado a la conclusión de que el divorcio es lo más razonable. En cuanto a Ashworth Motors, no tengo sinceramente la menor idea de cuál es su situación económica. La última vez que vi a mis padres fue aquel día que salimos los dos para Atenas.

–¿Se opuso tu padre a que volvieras a casa? –dijo él horrorizado.

–No, yo fui la que decidió no regresar. No tenía ningún sentido que volviera.

–¿Y adónde fuiste?

–Tomé el primer vuelo que había de Atenas a Inglaterra. Tenía por destino Manchester –respondió ella encogiéndose de hombros–. Me pareció un lugar tan bueno como otro cualquiera.

Estaba a más de trescientos kilómetros de distancia de sus padres. No era un mal sitio para rehacer su vida. A pesar de todo, su padre consiguió averiguar su número de teléfono tres años después, tras enterarse por la prensa del éxito de Rion en los negocios y pensar que podría resultar beneficioso para él llamarla para hacer las paces.

–Así que pensaste que vivir sola en una ciudad extraña era preferible a seguir casada conmigo, ¿verdad?

–Era lo que necesitaba en ese momento de mi vida, Rion. Además, sabía que tú eras más feliz trabajando, haciendo todo a tu manera.

Rion se volvió bruscamente hacia ella al llegar a la puerta de la casa.

–¿Más feliz? ¡La única razón por la que me pasaba todo el día trabajando era para ganar lo suficiente para que pudiéramos salir de aquel tugurio donde vivíamos!

Libby sintió como si se hundiera la tierra bajo sus pies. Después de que las primeras emociones del matrimonio se hubieran desvanecido, había comprendido que deseaba tener el control de su propia vida y que la mayor ambición de él era conseguir triunfar en los negocios por sí mismo. ¿O acaso no había sido así?

–Con tu trabajo eras más feliz que conmigo, Rion. Nuestro matrimonio no resultó como esperábamos. Tú mismo dijiste, el día que me marché, que era algo que se veía venir desde el principio.

–Sólo porque nunca llegaste a creer en mí.

Libby se apoyó en la pared de la fachada de la casa para no caerse, sintiendo una profunda sensación de culpabilidad. ¿Era eso cierto? ¿Había sido ella la única que se había sentido decepcionada en su matrimonio? Trató de recordar aquellos tres cortos meses. No, por mucho que él dijera, ella sabía que también se había sentido decepcionado. Pero la realidad era que ella había sido la que había renunciado a todo, la que había abandonado a su orgulloso marido griego. Y de repente, vio con espantosa claridad la respuesta a su pregunta. ¿Por qué se había convertido en aquel hombre hastiado de la vida, que tenía ahora frente a ella, cuando había conseguido, en esos años, el éxito con que el que siempre había soñado? Porque ella le había abandonado.

No pudo evitar que unas lágrimas amargas corrieran por sus mejillas.

–Yo siempre creí en ti, Rion, por eso me casé contigo.

Rion apretó los dientes. Sí, ella había creído en él cuando aceptó su propuesta de matrimonio, de igual modo que había creído que su padre les daría su consentimiento. Y tal vez le había deseado tanto, que, incluso después de que su padre se hubiera opuesto a su boda, había confiado en que él sería alguien en Grecia y había decidido seguir adelante con la boda, a pesar de todo. Pero, cuando entró con ella por primera vez en aquel apartamento miserable, él comprendió que no era nadie en realidad.

Hizo un gesto de amargura. Dios sabía que él había mantenido la esperanza de que ella no tuviera los mismos prejuicios que su padre sobre ese aspecto. Antes de la boda, él había creído que Thomas Ashworth era diferente de Spyros y de su padre. Había estado ciego de gratitud hacia Ashworth porque le había dado su primer trabajo importante, porque había trabajado con tesón para llegar a ser un día el tipo de hombre que se había propuesto: un hombre cuya vida tenía un valor. Un hombre cuya familia no tendría que sufrir lo que Jason había sufrido.

Pero aun así, no debería haber estado tan ciego, debería haberse dado cuenta de que la única razón por la que su padre le había ascendido era porque él conseguía más dinero para la Asworth Motors que todo el resto de sus empleados juntos. Debería haberse dado cuenta de que no había ninguna muestra de aprecio ni respeto en aquella decisión, y de que, bajo ningún concepto, Thomas Ashworth iba a aceptar la posibilidad de que alguien como él llegara a ser su yerno y el sucesor de su compañía.

Él no había pretendido nunca suceder a Ashword al frente de la empresa. Siempre había planeado levantar su propia compañía en cuando hubiera ganado lo suficiente para empezar por sí solo. Pero desde la primera vez que Libby le había mirado con aquellos grandes ojos azules, él no había podido dejar de desearla un solo día de su vida. A pesar de que realmente sabían muy poco el uno del otro, a pesar de que él siempre se había sentido como un pobre niño de los suburbios en comparación con su elegancia y belleza, a pesar de que debería haber comprendido que ella jugaba en otra liga diferente de la suya, a pesar de todo eso, él la había deseado más que a ninguna otra cosa en la vida.

La miró detenidamente. Odiaba la sensación de debilidad.

—Bueno, si siempre has creído en mí y has tenido ya tiempo suficiente para encontrarte a ti misma, ¿qué cosa mejor podrías hacer en estas dos semanas que tratar de descubrir si nuestro matrimonio puede volver a funcionar? Eso fue lo que acordamos, ¿no?

Libby negó con la cabeza, desolada.

—No, tú sólo quieres que esté contigo para sacar más votos en las elecciones.

—Ya te lo he dicho. El hecho de que tu regreso haya coincidido con estas elecciones ha sido solamente una afortunada casualidad. Déjame que trate de convencerte, durante estas dos semanas, de que lo nuestro puede volver a funcionar como entonces. Si no lo consigo, entonces firmaré los papeles del divorcio y podrás irte a donde quieras.

—No hace falta. Yo ya sé que nuestro matrimonio no puede volver a funcionar —dijo ella con la voz apagada—. Tú has cambiado demasiado.

—Pero llegamos al acuerdo de que disponía de dos semanas —replicó él con amargura.

Rion miró el reloj en actitud condescendiente, consciente de lo indignada que debía de sentirse ante la perspectiva de quedarse con él, ahora que sabía lo de las elecciones, porque eso significaba que no tendría ninguna posibilidad de mantener en secreto su matrimonio. Ese matrimonio que era tan vergonzoso para ella.

—Creo que ha sido suficiente unas horas para verlo todo claro.

Libby se tapó los ojos con las manos. Quería escapar de allí e irse lo más lejos posible, para no sufrir la humillación de ser chantajeada por el único hombre al que había amado y poder olvidar todo lo que había pasado. Quería zarandearle hasta que el Rion de antes saliera a la superficie y la comprendiera, y viera que lo que estaba haciendo estaba mal y le dijera que ella no había sido la responsable de que él fuera lo que era ahora.

–Está bien. No me dejas otra opción. Pero te aseguro que vivirás para arrepentirte de no haber aceptado el divorcio cuando tuviste la oportunidad.

Se volvió rápidamente, para no darle la satisfacción de ver las lágrimas a punto de brotar de sus ojos y responder con algún comentario sarcástico. Pero cuando tomó la pequeña maleta que había dejado, al llegar, en un rincón del pasillo, y comenzó a subir las escaleras, sintió su mirada clavada en la espalda y pensó que hubiera sido preferible un comentario irónico a aquel silencio.

Rion advirtió sus dudas y sonrió, disfrutando de la visión de su trasero y de sus espléndidas piernas.

–Liberty, no creo que para ninguno de los dos vaya a ser un sacrificio estar en compañía del otro durante dos semanas. Por cierto, si decides admitirlo y acabar con tu rabieta, el dormitorio principal es la tercera puerta a la derecha.

Ella se dio la vuelta de inmediato en la parte superior de la escalera, con los ojos llenos de furia.

–Llámame Libby, por favor –le corrigió ella–. Y aquí está la petición de divorcio –añadió sacando el documento de un bolso de la maleta y tirándolo por las escaleras–. Ahí va, por si quieres redescubrir tu conciencia.

Y dicho eso, entró furiosa en la primera habitación que encontró y cerró de golpe la puerta.

Rion sonrió para sí. Libby acababa de encerrarse en el cuarto trastero, y algo le decía que pasar la noche entre un montón de objetos desordenados no era precisamente la mejor alternativa al dormitorio principal que ella habría pensado.

No es que tuviera alguna idea de lo que realmente estaba pasando por su mente, pensó él, acercándose al pie de la escalera y recogiendo del suelo los papales del divorcio mientras reflexionaba sobre lo que le había dicho de que no había ningún duque ni conde esperándola para casarse con ella.

Entró en su estudio, dejó los papeles en el cajón inferior del escritorio, lo cerró de golpe, y se sirvió un vaso generoso de whisky. ¿Qué diferencia había, después de todo? Por supuesto, él no se hacía ilusiones. Ella había tenido sin duda otros amantes y aún encontraba aborrecible la idea de estar casada con él. Y eso por no hablar del empeño que había puesto en absolverse a sí misma de toda culpa, argumentando que se había marchado porque necesitaba «encontrarse a sí misma».

Eso significaba que había rechazado a los pretendientes que su padre le había buscado, a pesar de que ser mucho más nobles y refinados que él.

¿Era eso por lo que no había vuelto con sus padres?

Porque había descubierto que su padre estaría dispuesto a reconciliarse con ella a cambio de que ella se casase con alguno de los pretendiente que le había buscado y ella tal vez no había podido soportar esa idea, porque había llegado a la conclusión de que, paradójicamente, el tipo de hombre que quería para padre de sus hijos no se correspondía con el hombre del que se había enamorado.

Rion se llevó el vaso a los labios y lo apuró de un solo trago. Le horrorizaba que su esposa hubiera estado fuera sola y que su padre fuera un hombre tan intolerante como para que ella se hubiera sentido incapaz de volver a casa. Él había adivinado que Thomas Ashworth era un padre intransigente, incluso antes de que hubieran ido de buena fe a pedirle su consentimiento para casarse, pero siempre había imaginado que perdonaría a su hija tan pronto como la viese salir por la puerta. En comparación con Asworth, y por una vez, su propio padre le pareció casi una buena persona, pese a haberle abandonado.

Pero lo que más le sorprendía era la empatía que sentía con Libby en todo, cuando sin embargo, y por definición, empatía significaba identificarse afectivamente con los sentimientos de otra persona, y ella pensaba en él como si fuera un ser completamente diferente a ella, que perteneciera a otro mundo. Un mundo mucho menos refinado y más primitivo que el suyo.

Rion dejó de golpe el vaso en la mesa. Bueno, tal vez ella pensase que ellos pertenecían a dos mundos diferentes, pero sus cuerpos hablaban el mismo idioma, y él no estaba dispuesto a dejar que ella lo olvidara. No iba a parar hasta que ella le suplicase. Sólo entonces la dejaría marchar.

Libby no había esperado, al dar la luz, encontrarse en un cuarto lleno de fotos y objetos personales de Rion, pero parecía que el destino había decidido esa noche repartir el dolor entre todos.

Podía haber abierto la puerta y preguntarle a él si podía dormir en otra parte, o abrir la puerta y tratar de encontrar por su cuenta otra habitación, pero lo último que necesitaba en ese momento era ir a pedirle algo y recibir otra invitación cínica y velada a acostarse con él.

Además, necesitaba ir acostumbrándose a mirarle a la cara y no sentir nada, en vez de recordar constantemente que era el hombre del que se había enamorado. Un hombre que ya no existía. Le dolía admitir que no la comprendía. Deseaba creer que debía de haber algún error en todo aquello, que él no podía haberse convertido en un hombre cínico y despiadado, en un vil chantajista, que sólo se trataba de una pesadilla. Pero ella sabía que todo era real y que la conversación que habían tenido con aquel hombre llamado Spyros era la que había terminado por romper todos sus sueños.

Así que, quizá, hallarse ahora rodeada de todos esos objetos suyos era lo mejor que podía haberle pasado. Tal vez podría desligarse de aquellos viejos sentimientos para poder enfrentarse a la realidad al día siguiente. Era como mostrar imágenes de arañas a una persona que les tuviera fobia, pensó ella, recordando el artículo de una revista que había leído en un avión sobre el funcionamiento de las terapias de la conducta cognitiva.

Pero ¿no decía también algo sobre los peligros de practicar esa terapia con demasiada intensidad? Movió la cabeza con gesto negativo, deseando por segunda vez a lo largo del día no recordar nada en detalle, hasta no saber si esa analogía tenía o no algún sentido. Porque ella no temía a Rion, se dijo para sí, sin querer escuchar la voz interior que le decía: «Pero tienes miedo de lo que él te hace sentir».

Bueno, al menos había descubierto pronto la verdad, no tendría que pasar por el dolor de ir dándose cuenta poco a poco de que él sólo tenía hueco en su corazón para el dinero y el poder. Ahora sabía que hacer oficial su separación era lo más correcto que podía hacer. Y que lo que tenía que hacer a partir de ahora era negarse a aceptar su chantaje, hasta que él no pudiera soportar tenerla por esposa un minuto más. Sí, en realidad, tenía que estar agradecida a esa noche, porque había conseguido desvanecer todas las dudas que había empezado a sugerirle sobre si divorciarse era lo más correcto o no. Sí, lo era.

Al menos, estaba segura de que sentiría eso en cuanto se durmiese.

Capítulo 6

LIBBY se despertó a las seis, después haber dormido plácidamente toda la noche. Lo atribuyó a su agotamiento emocional y a la satisfacción de haber tomado finalmente una decisión. Las seis era una hora relativamente tarde para lo que acostumbraba. Desde niña, había sido siempre muy madrugadora, aprovechando para leer con voracidad a esas horas tempranas de la mañana, cuando su padre no estaba aún despierto para prohibírselo, alegando que ningún hombre quería una esposa que fuera más inteligente que él. Últimamente, se levantaba al despuntar el alba para hacer de guía en alguna excursión, tomar un vuelo o reunirse con algún grupo de turistas. Era algo que formaba parte de su trabajo. Un trabajo que adoraba.

Entonces, ¿por qué la idea de volver a esa vida, incluso después de conseguir hipotéticamente que Rion firmase la solicitud de divorcio, le hacía sentirse tan deprimida esa mañana? Porque, todos esos años, había supuesto que, si volviera a verlo, no sentiría nada por él y, sin embargo, el día anterior se había dado cuenta de que estaba equivocada. Él le había hecho comprender que la vida que ella se había labrado no le hacía tan feliz como ella se había venido diciendo a sí misma. Y porque, justo cuando había bajado la guardia y se había permitido saborear un momento de verdadera felicidad, había descubierto que el hombre que una vez le había hecho tan feliz se había convertido en otro hombre distinto que sólo deseaba controlarla para su propio beneficio.

Pues bien, él iba a descubrir esa mañana que ella no

estaba dispuesta a que la controlase nadie, se dijo Libby desafiante, mientras revolvía la maleta para sacar una camiseta sin mangas y una falda. Se levantó y aplicó el oído a la puerta para ver si podía oír algún ruido o señal de movimiento en el pasillo. Nada. Agradeció en ese instante que Rion le hubiera indicado la noche anterior dónde estaba su dormitorio y le hubiera dicho también, al llegar, dónde estaba el cuarto de baño para refrescarse. De otro modo, habría tenido que ponerse a abrir y cerrar puertas al azar y habría acabado sin duda despertándole y a lo mejor hasta tropezándose con él en la cama.

Pasó así junto al dormitorio de Rion y se quedó escuchando unos segundos detrás de la puerta, preguntándose si aún seguiría durmiendo desnudo. Luego, avergonzada de sí misma, entró corriendo en el cuarto de baño y se metió derecha en la ducha. Se sorprendió al ver la cantidad de chorros de agua que salían de las paredes desde todos los ángulos. Trató de manejar todas las llaves y pulsadores que había para controlar esos chorros, pero fue incapaz de conseguirlo. Los chorros seguían saliendo con gran fuerza masajeando todo su cuerpo, hasta límites insospechados. Derrotada, pero dispuesta a no ser objeto de un asalto sensual, bajó la temperatura del agua hasta que comenzó a salir casi fría, se enjabonó, se enjuagó y luego se secó rápidamente en un tiempo récord. Después, se vistió y salió de casa.

Hacía una mañana espléndida de sol y soplaba una ligera brisa del mar con aroma a tomillo porque el viento venía del interior. Eso tuvo la virtud de despejar su melancolía y darle ánimos para lanzarse a explorar la ciudad.

Decidió girar a la derecha y comenzar por el casco antiguo de Metameikos. Sacó algunas fotografías por el camino y dibujó un croquis de la zona en su cuaderno. La zona vieja de la ciudad parecía el lugar más lógico para comenzar, pero la verdad es que deseaba conocer el barrio donde él había crecido. Sobre todo porque él nunca había querido a hablarle de su infancia, y le había dicho que, si había decidido volver allí, no había sido por ninguna razón sentimental. Había admitido que había comprado la casa porque de niño se había jurado que sería suya algún día, lo que dejaba entrever que había en ello más motivaciones de las que quería dar a entender. Después de todo, el lugar en el que uno crece le condiciona de alguna manera para toda la vida. Aunque sólo sea para querer escapar de él a la primera oportunidad.

Pero viendo el ambiente de aquellas calles, no podía imaginar que nadie que hubiera nacido en Metameikos sintiera el deseo huir de allí. Le pareció que aquella ciudad sería un buen destino para los turistas que contrataban sus viajes con Kate's Escapes. Ciertamente, algunos barrios necesitaban urgentemente alguna remodelación, pero no recordaba haber visitado otro sitio tan encantador. Las cuerdas con la ropa tendida en los balcones se sucedían en hileras simétricas a lo largo de las estrechas calles. Por todas partes se veían pequeños jardines plantados con mucho primor y plagados de mariposas. Y se oía el rumor del agua fresca que bajaba de los arroyos de la montaña hasta la plaza del pueblo, donde los vecinos se congregaban para abastecerse de agua y contarse chismes.

Entró en un pequeño café donde tomó un té con limón y un bollo delicioso. Mientras desayunaba, pensó que quizá escapar del estrés de la vida moderna y disfrutar de los pequeños placeres de la vida no era lo que más le seducía a Rion. Sin embargo, él había decidido volver precisamente a esa casa, a pesar de que había otras mucho más lujosas y modernas que le debían haber llamado más la atención desde su infancia. Probablemente, eso quería decir que él tampoco podía escapar tan fácilmente al encanto del lugar donde había nacido.

«¿O tal vez sea porque ese barrio es casualmente la zona más neutral, en términos políticos, de Metameikos?», le dijo interiormente la voz de la razón, mientras caminaba a lo largo del paseo marítimo en dirección a la ciudad nueva. Las pequeñas embarcaciones de vela que atracaban en el muelle con el pescado capturado durante la noche, daban paso progresivamente a los yates enormes, con las cortinas echadas y las botellas vacías de champán de la noche anterior esparcidas por la cubierta. Siguió pensando en Rion. Si de verdad Metameikos significaba algo para él, no entendía por qué le molestaba tanto hablar de su ciudad natal y de su infancia. «Sin duda, es consciente de que el haberse criado aquí le da mayor credibilidad frente a los votantes», le dijo ahora su voz interior. Sí, era evidente que ésa era la razón por la que había elegido presentarse como candidato en su ciudad natal, eso aumentaba sus posibilidades de triunfo. Y dado que Metameikos era la única provincia independiente de Grecia, eso significaba que, si él conseguía salir elegido, tendría mucho más poder que si fuera simplemente un miembro del parlamento en Atenas. Un miembro del *vouli*.

Después de media hora deambulando por entre las enormes villas encaladas sin ninguna personalidad, que formaban la ciudad nueva, Libby llegó a la conclusión de que aquella zona era demasiado genérica y convencional para incluirla en el recorrido de ningún tour, y se volvió por donde había venido. Se pasó el resto de la mañana en un pequeño museo que había montado un pequeño grupo de vecinos, que vivían de los ingresos que sacaban de los escasos turistas que se aventuraban por esa parte de la costa. La señora que trabajaba allí, que resultó ser una vieja amiga de Eurycleia, a la vez que un auténtico pozo de sabiduría, le informó de todos los sitios de interés histórico que se podían visitar, así como de los lugares donde podría encontrar alojamiento para los grupos de turistas.

Después de almorzar en una taberna de la calle, donde tuvo la oportunidad de degustar un delicioso besugo fresco que habían pescado esa misma mañana, decidió regresar a casa, muy entusiasmada y dispuesta a diseñar un itinerario turístico con los apuntes que había tomado. Al pasar frente al anfiteatro, se dio cuenta de que cualquier tour de interés tendría que pasar necesariamente por la puerta de la casa de Rion. Sintió una sensación tan desagradable en el estómago que estuvo tentada de informar a Kate que no había, en todo Metameikos, ningún itinerario de interés para preparar un tour turístico.

«Esa sensación se te pasará en cuanto te hayas divorciado y él se haya convencido de que no puede hacer nada para tratar de controlarte la vida», le dijo la voz interior tranquilizándola, mientras entraba en casa por la puerta de atrás.

–¿Dónde has estado? –le dijo Rion al entrar en la cocina.

Estaba sentado en una banqueta junto a la mesita de desayunar, tomando una *bruschetta* de tomate y mozzarella al pesto con una mano, mientras con la otra manejaba el ratón y el teclado de su ordenador portátil, pero lo dejó todo al verla entrar y la miró fijamente muy serio.

–Oh, ya sabes, dando una vuelta por ahí –respondió ella con fingida indiferencia, deseando ponerle de mal humor para conseguir que acabase firmando los papeles del divorcio, pero sintiendo realmente lo contrario por dentro.

–¿No crees que tengo derecho a saber por dónde andas?

–No creo que te hayas preocupado mucho de dónde he estado en estos últimos cinco años.

–Las cosas son ahora diferentes.

No, no lo eran. Su repentina preocupación no era realmente por ella, sino por la repercusión que lo que ella hiciera podría tener en su campaña política.

–Me parece que este tipo de control no entraba en nuestro acuerdo.

–No, porque entendía que quedaba implícito como norma básica de conducta.

–¿Lo dices en serio? –exclamó ella con ironía, aspirando el aire entre los dientes y dándose golpecitos en la barbilla con el dedo–. ¡Vamos, querido! ¿Creías de verdad que mi código de conducta era igual que el tuyo? Creo sinceramente que deberíamos antes haber cambiado impresiones. Pero podemos hacerlo aún de forma retrospectiva. Vamos a ver... Conocí esta mañana a un joven camarero muy apuesto, y supuse que no estaría mal...

–No juegues conmigo, Libby –dijo él muy enfadado, agarrándola bruscamente de la muñeca.

La sensación erótica de sentir su pulgar en la muñeca, como si tratara de tomarle las pulsaciones, la hizo flaquear y dejar a un lado sus bromas.

–Sólo he salido a dar una vuelta para ver posibles lugares de interés turístico para mi trabajo.

Rion pareció relajarse un poco con aquellas palabras. Al despertar esa mañana y ver que ella se había ido, había pensado que... le había vuelto a abandonar o que estaba fuera haciendo planes para hacerlo.

–De ahora en adelante, si tienes intención de volver a salir sola por ahí, te agradecería me dijeras adónde vas o al menos cómo ponerme en contacto contigo en caso necesario.

–¿Me estás pidiendo el número de teléfono?

–¿Te lo reservas acaso para los hombres que no son tu marido?

Libby estaba preparada para darle una respuesta cortante y un número falso, pero sus palabras la detuvieron en seco. No, ella no solía dar su número de teléfono, punto. No le gustaba la idea de que nadie la controlase como sus padres habían hecho. Sin embargo, por primera vez en mucho tiempo, comprendió lo triste que eso era también. Sí, ella se había forjado, durante aquellos años, la independencia que tanto había anhelado, pero el resultado era que nadie sabía nunca dónde estaba a menos que estuviera detallado en un itinerario. Junto a esa libertad que había conquistado había también una sensación de angustiosa soledad. Si le pasase algo, ¿quién se iba a interesar por ella? ¿Un grupo de turistas que no conocía de nada?

—Está bien —masculló ella—. Me parece razonable.

Mientras Libby iba diciéndole los dígitos y él iba metiéndolos en la agenda de contactos de su móvil, le vino a la memoria las razones para divorciarse que ella le había dado dos días antes: «Formamos legalmente un matrimonio, pero ni siquiera sabemos el número de teléfono el uno del otro». Darle ahora el número de teléfono sería como desdecirse de todos sus argumentos anteriores y darle alas para que siguiera haciendo su voluntad.

Cuando Rion terminó de guardar el número, se metió el móvil en el bolsillo, se llevó el plato al fregadero y apagó el portátil.

—Tengo una reunión de trabajo esta tarde —dijo él echando una mirada al reloj—. Estaré de vuelta a eso de las cinco.

—¿Qué tipo de reunión?

Rion esbozó una leve sonrisa mientras se ponía la chaqueta de su traje oscuro y se alisaba la corbata con la mano. Estaba increíblemente sexy.

—Para ser una mujer que considera una intromisión que un marido quiera saber dónde se encuentra su esposa, pareces demasiado interesada por mis cosas —dijo él arqueando una ceja.

—Estoy sólo un poco sorprendida. Suponía que necesitarías mi presencia en todos los actos de tu campaña.

—Creo que te alegrará saber que, con excepción de la fiesta preelectoral del alcalde la próxima semana, lo único que tienes que hacer es quedarte aquí en casa, honrando con tu presencia el hogar conyugal —dijo él, asintiendo varias veces con la cabeza, mientras se ponía los zapatos y abría luego la puerta para salir–. No creo que sea pedirte demasiado, ¿verdad? Hasta luego.

En un momento de arrebato, Libby agarró un par de galletas, de las que Eurycleia había dejado en una fuente cerca de ella, y se las tiró. Pero él cerró la puerta tan deprisa que las galletas fueron a estrellarse en ella, rompiéndose en mil pedazos y cayendo como una lluvia de migas al suelo.

Libby, muy enfadada, se dispuso a barrerlo todo, lamentando que las inocentes galletas de Eurycleia hubieran sido las víctimas de su ataque de ira, y pensando que Rion no sólo estaba tratando de utilizarla, sino que se había convertido también en un flagrante misógino. Él no quería una mujer inteligente que le ayudase en su campaña, sino un florero. No se extrañaba que hubiera dado a Eurycleia unos días libres, ¿para qué iba a necesitar un ama de llaves si tenía ya una esposa «honrando con su presencia el hogar conyugal»?

Pero ella no estaba dispuesta a interpretar ese papel. Si no le había convencido de ello por la mañana, tendría que hacerlo entonces por la tarde, se dijo para sí.

Se acercó muy decidida al ordenador portátil de Rion, lo encendió y realizó una búsqueda por «Reunión, Orion Delikaris, Metameikos». En menos de un segundo, apareció el resultado en la pantalla, mostrando la dirección del ayuntamiento por el que ella había pasado esa mañana, y una hora de comienzo: las dos y media.

Eran las dos y treinta y tres minutos cuando Libby dobló la esquina de la calle y vio el Bugatti de Rion aparcado frente a la fachada del ayuntamiento. No era mala hora, teniendo en cuenta que había salido de casa después de las diez, y había tenido que ir allí andando y a las horas más fuertes del sol. Estaba sudorosa. Se ahuecó la camiseta por arriba y sopló un par de veces hacia abajo por dentro para airearse un poco. Luego, tras darse un instante de respiro, entró en el edificio.

La sala estaba repleta de gente muy diversa: pescadores que debían de haber terminado temprano esa mañana sus faenas y volvían de los muelles; hombres de avanzada edad con tableros de backgammon bajo el brazo; mujeres con bebés en sus pechos, y un grupo de estudiantes que ella supuso debían de ser del instituto, medio en ruinas, que había visto en su paseo por el casco antiguo esa mañana. Cada vez iban entrando más personas. Libby pensó que seguramente se había elegido aquella hora para el mitin electoral porque era a la que la gente volvía de camino a casa para comer y echarse la siesta.

–Bienvenidos a todos y gracias por venir.

Libby escuchó aquella voz familiar que venía de la cabecera de la sala y se puso de puntillas para tratar de verle, buscando algún hueco entre las cabezas.

–El objetivo de este acto es explicar los planes de mejora que llevaremos a cabo en Metameikos si ganamos las próximas elecciones. Sin embargo, antes de pasar a ese punto, es muy importante para mí conocer de primera mano los problemas reales de esta ciudad, por lo que me gustaría aprovechar esta ocasión para que todo el mundo exponga abiertamente sus ideas e inquietudes y nos haga las preguntas que considere oportunas.

Hubo un murmullo de sorpresa entre la multitud, al escuchar aquella invitación a participar en el acto. Libby, que había encontrado finalmente una línea de visión directa hacia el estrado, estaba fascinada, como medio hipnotizada. Nunca se hubiera imaginado que Rion pudiera ser la personificación del líder nato. Nunca había pensado en él de esa manera, pero ahora que le veía allí, de pie hablando a tanta gente, con aquel aplomo y aquella presencia y seguridad en sí mismo, se dio cuenta de que, incluso ella, sentía la necesidad de seguirle.

«Sí, a la cama», añadió su voz interior, burlándose de ella.

Aunque tenía que admitir que se sentía atraída fuertemente por él, nunca se había dejado seducir por una demostración de poder, arrogancia y control. Rion daba, desde luego, la imagen de un hombre dispuesto a hacer cualquier cosa por el bien de aquella gente. Pero, el hacer promesas y dar una buena imagen, ¿no es acaso lo que los políticos saben hacer mejor?

–No estaba informado de que fuera usted a venir –susurró, de repente, una voz a su espalda, interrumpiendo sus pensamientos–. Permítame presentarme, soy Stephanos, del departamento de prensa de Rion.

Ella se volvió y vio a un hombre joven elegantemente vestido tendiéndole la mano. Le saludó con cortesía, preguntándose cómo diablos sabía quién era ella.

–Le sacaron algunas fotos acompañada de su marido anoche al salir del teatro –dijo el hombre, al ver su expresión de desconcierto–. Han salido publicadas esta mañana en la primera página del *Metameikos Tribune*.

–Supongo entonces que hoy es un buen día para usted –replicó ella, con un suspiro.

–Creo que puede acabar aún mejor –dijo él, mirando hacia el estrado–. ¿Le importaría venir conmigo?, por favor.

Por un momento se preguntó si Rion la habría visto entre la multitud y había enviado a aquel hombre para atenderla. Pero llegó en seguida a la conclusión de que era poco probable que la hubiera visto y que, de haberlo hecho, habría enviado a alguien, no para atenderla, sino para mandarla a casa.

Obviamente, Stephanos sí se había fijado en ella y había visto la oportunidad de sacar provecho de la situación. Y, aunque eso no le gustaba, resultaba demasiado tentadora la oportunidad que se le ofrecía de desafiar las órdenes de Rion y demostrar que su colega no compartía sus ideas machistas de dejarla en casa «honrando el hogar conyugal».

–Por supuesto –dijo ella, asintiendo a la vez con la cabeza.

Stephanos la llevó por un lateral de la sala, mientras Rion explicaba sus planes para la construcción de un nuevo hospital. Su discurso era brillante e impecable. Sin embargo, cuando Stephanos y ella llegaron al pie del estrado, se le oyó titubear en mitad de una frase.

Libby comprendió que Rion se había percatado de su presencia y vio como giraba la cabeza hacia ella y la miraba con un gesto terrible de desaprobación. Pero se repuso en seguida y continuó hablando muy sereno sin aparente muestra de contrariedad. Ella vio entonces, con gran sobresalto, que Stephanos le hacía señas para que subiera al estrado, desde el que Rion se dirigía a la concurrencia, y se sentara en una silla libre junto al semicírculo de personas que se hallaban alrededor de su marido.

Cuando Rion dio comienzo a la segunda mitad de su discurso y notó la presencia de Libby detrás de él, sintió pánico y un cierto temblor en las piernas. Había trabajado muy duro para conseguir el objetivo que aún le quedaba por cumplir, y veía que ahora, por culpa de su empeño en demostrar a Libby que ella le deseaba tanto como él a ella, y que él era un hombre con éxito en la vida, ella estaba a punto de condenarle al fracaso. Ahora la veía claro. Había aprovechado la ocasión para destruirle. No podía soportar la idea de que un hombre como él pudiese ocupar un puesto de poder.

Apretó los dientes, deseando poder transmitir a Stephanos, por telepatía, la orden de sacarla de allí, inmediatamente. Entendía la razón de que la hubiera subido al estrado: evitar especulaciones sobre por qué ella estaba entre el público en lugar de con su marido. Pero lo que Stephanos no sabía era que la situación podría volverse aún más delicada si alguien le dirigiese a ella una pregunta o si ella misma decidiera abrir la boca por su cuenta.

Pero Rion, al parecer, no tenía el don de la telepatía,

porque cada vez que miraba con el rabillo del ojo a Stephanos, el único movimiento que veía era el de sus labios para recordarle que debía empezar la ronda de preguntas.

–Bueno, ahora es el turno de ustedes –dijo Rion, en cuanto terminó de explicar los pormenores de su plan de viviendas protegidas–. ¿Tiene alguien alguna pregunta para mí?

–¿O para cualquier de nosotros? –apostilló el recientemente degradado director de campaña que, a pesar de ello, colaboraba muy activamente con todo el equipo.

–Claro, naturalmente –dijo Rion con una sonrisa forzada–. Para mí o para el equipo.

–Yo tengo una pregunta –dijo un hombre de mediana edad levantando la mano desde la primera fila–. Usted dice que va a hacer un hospital nuevo y quinientas viviendas asequibles para la gente como nosotros, pero yo me pregunto, ¿quién nos garantiza que el resto de Metameikos no se convertirá en algo parecido a eso de ahí? –dijo el hombre, apuntando con el dedo en la dirección de la parte nueva de la ciudad, llena de edificaciones de lujo.

–¡Eso! ¿Quién nos los garantiza? –dijo otra voz masculina, con un tono malicioso y desagradable, desde el fondo de la multitud.

Libby ladeó ligeramente la cabeza hacia la derecha y descubrió que se trataba del hombrecillo de aspecto sucio que estaba con Spyros y su esposa la noche anterior.

–¿No fue el último proyecto de Delikaris Experiences un gran bloque de apartamentos de lujo?

Se oyeron ahora murmullos de preocupación entre la multitud.

–Cierto –dijo Rion muy sereno–. Aunque los negocios de mi empresa no tienen nada que ver con los planes que espero llevar acabo en Metameikos, ya que usted me ha preguntado tendré mucho gusto en aclarárselo.

El hombre de Spyros sonrió triunfante. Pero sólo le iba a durar la euforia unos segundos.

—Es indudable que Atenas, en su condición de capital de Grecia, es la mejor ubicación desde el punto de vista empresarial para Delikaris Experiences —prosiguió Rion muy seguro de sí—. Sin embargo, hay que reconocer también que es un lugar muy caro para vivir. Con el fin de poder ayudar a mis empleados, compré un bloque de apartamentos que había quedado en mal estado y llevé a cabo una reforma integral de todo el edificio. Eso resultó más económico que haber comprado individualmente cada apartamento y haberlo restaurado luego. De esa forma, pude ofrecer a mi personal comprar o alquilar, según sus deseos, los apartamentos ya restaurados a un precio muy razonable.

El hombre de Spyros, indignado por haberle salido el tiro por la culata, insistió de nuevo.

—O sea, que la razón de fondo es que usted no paga lo suficiente a sus empleados para que se puedan comprar una vivienda digna, ¿no es así, señor Delikaris?

—No, Stamos, es porque creo que la gente se merece una oportunidad. Y respondiendo a su pregunta, señor —dijo volviéndose al hombre de la primera fila—, creo que todas las cosas tienen cabida en este mundo. El lujo, también. Pero yo, igual que usted, no soy partidario de convertir Metameikos en un enjambre de residencias de recreo y de lujo. Una vez que hayamos construido las primeras quinientas viviendas, prometo construir otras quinientas más. Estoy seguro de que a los hijos de ustedes les gustaría ser propietarios algún día de la casa donde viven.

El hombre asintió con expresión seria, y los murmullos de la multitud fueron ahora de aprobación, hasta que el Stamos intervino una vez más.

—¡Ah, sí! Ya nos enteramos ayer de que, en contra de lo que la gente creía, usted es todo un respetable hombre de familia. Ésa es su esposa, ¿verdad? —dijo señalando a Libby.

No se produjo ninguna expresión de sorpresa. Al parecer, las noticias viajaban deprisa en esa ciudad. A todo el mundo le pareció intrascendente esa pregunta. Todos conocían la respuesta.

Ella respiró hondo, deseando poder ver la expresión del rostro de Rion, en lugar de verle sólo la nuca. Pero al oírle hablar le dio la impresión de que no había perdido la compostura.

–En efecto. Mi esposa y yo hemos estado separados algún tiempo, pero me complace comunicarles que eso ya es agua pasada –se volvió para mirarla fugazmente, antes de mover muy sonriente la cabeza a uno y otro lado, invitando a la gente a formular más preguntas.

–¿Y fue el conmovedor programa político de su marido lo que le impulsó a volver con él justo a tiempo para su campaña electoral? –preguntó Stamos, con intención, mirando a Libby.

Rion, con la ira dibujada en el rostro, se volvió bruscamente hacia un extremo del estrado, pero Stephanos pareció decirle con la mirada que lo más conveniente para su imagen era dejar a aquel hombre en paz. Pero cuando volvió la cara de nuevo hacia la concurrencia, vio con horror que Libby se había levantado de la silla y tenía el micrófono en la mano.

–No –respondió ella, oyendo a su espalda la respiración entrecortada de Rion.

Era una verdadera tentación decir la verdad, pero la idea de hacerlo le hacía sentirse culpable. Era un sentimiento que había ido en aumento desde la noche anterior. Y de repente, se preguntó si mordiéndose la lengua en ese momento en que tenía la oportunidad de arruinarle políticamente, él podría reconsiderar sus sentimientos hacia ella.

–No. La verdad es que no conocía la decisión de mi marido para presentarse a estas elecciones hasta... hasta hace muy poco. Fue mi trabajo el que me trajo a Atenas.

–Pero, sin duda, usted apoya las ideas políticas de su marido, ¿no es así?

–Por lo que he escuchado hasta ahora, sí –respondió ella–. Pero son tan nuevas para mí como seguramente lo son para ustedes. Así que, dado que nunca he creído ciegamente en las opiniones de las personas cercanas a mí, sólo por el hecho de estén relacionadas conmigo por lazos conyugales o de sangre, le rogaría que me lo preguntase de nuevo cuando haya tenido tiempo de reflexionar sobre los hechos.

Para sorpresa de Libby, toda la sala se puso a aplaudir con entusiasmo. Desde las mujeres, que parecían sorprendidas de que ella se hubiera atrevido a hablar de esa manera, hasta los hombres, que se daban con el codo unos a otros, intercambiándose sonrisas de complicidad, al ver que hasta el todopoderoso Orion Delikaris tenía una mujer testaruda con la que batallar. Todos menos Stamos, que prefirió salir por la puerta de atrás, con cara de pocos amigos.

Libby volvió a sentarse cuando la gente comenzó a hacer luego todo tipo de preguntas sobre temas de sanidad y educación.

–Ha estado espléndida –le susurró Stephanos desde el extremo del estrado.

Pero algo en la mirada de Rion le decía que probablemente él no iba a ser de la misma opinión.

Capítulo 7

CUANDO Libby se acomodó en el asiento de cuero del Bugatti, Rion se quitó la corbata, se desabrochó el botón del cuello de la camisa y puso el coche en marcha.

Había mantenido la compostura durante el resto del acto, respondiendo con soltura e ingenio a todas las preguntas de la gente, pero ella se había dado cuenta de que por dentro estaba furioso. Y, por si hubiera tenido alguna duda de ello, lo había comprobado unos minutos antes, cuando tras acabar el mitin, él le pasó la mano por la espalda con más fuerza de la necesaria y la acompañó al coche en medio de un silencio de muerte.

Ella también estaba furiosa consigo misma. Había ido al acto electoral con la intención de ponerle en apuros, pero al final se había arrepentido y había tratado de comportarse con una mínima decencia. Pero quizá había cometido un error de apreciación. Él no tenía una pizca de decencia.

–¿No te has dado cuenta de que te he hecho un favor presentándome allí? –exclamó ella de pronto, convencida de que, si no decía algo, las ventanillas del coche podrían reventar por efecto de la tensión que reinaba allí dentro–. El pueblo de Metameikos te ha visto hoy como un ser humano y no como un multimillonario que se mueve por el cielo en su jet privado y por las calles en su Bugatti –añadió ella, haciendo un gesto despectivo con la mano.

–¡Habráse visto! Ya ha salido *lady* Ashworth dándome lecciones sobre cómo debo tratar con la gente llana.

–Yo no soy la que va pavoneándose por ahí con un coche de superlujo.

–No, tú eres la que, cuando te quedas sin el dinero fácil de tus padres, vienes en busca del mío.

–Ya que me obligas a hacerlo, te diré que el dinero no significa nada para mí –replicó ella muy ofendida por la acusación–. ¿No se te ha ocurrido pensar que quizá el pueblo de Metameikos pueda sentir lo mismo que yo?

Rion apretó el volante con fuerza. Estaba tan furioso que casi no podía hablar.

–¿De verdad crees que el dinero no vale para nada? Claro, no me extraña, ¿por qué ibas a pensar de otro modo cuando nunca has sabido en la vida lo que es pasar calamidades?

–No es eso lo que quise decir. El hecho de que mis padres tengan dinero no significa que yo no tenga idea de...

–¿Cómo se siente uno viviendo en la miseria? ¡Ah!, se me olvidaba que tuviste que vivir tres meses conmigo en un sucio apartamento de los barrios bajos de Atenas.

Ella negó con la cabeza, preguntándose cómo se las arreglaba para malinterpretar siempre sus palabras.

–El hecho de que mis padres tengan dinero no significa que yo no tenga idea de lo que es la pobreza. He estado en todas las partes del mundo, Rion, no sólo en las zonas de lujo de las grandes ciudades.

–¿Y qué hiciste cuando las vistes? Supongo que guardarte la cámara digital para que no te la robaran y dar gracias al cielo por haber nacido con mejor suerte que ellos, ¿no?

–Hice lo que pude –respondió ella muy digna, desviando la vista hacia la ventanilla.

Que no había sido mucho, ciertamente, teniendo en cuenta que había estado sobreviviendo con el sueldo de su trabajo como guía turística. Pero había creado una cuenta solidaria en Kate's Escapes que había animado a los clientes y al personal de la agencia a donar dinero para las regiones más necesitadas que visitaban.

–Lo que quiero decir... –prosiguió ella, tomando aliento y tratando de reconducir la conversación hacia el asunto inicial, mientras se acercaban ya a casa–. Lo que quiero decir es que no creo que ir dando muestras de ostentación sea la mejor forma de ganarse la confianza del electorado.

–¿Lo crees así? –exclamó él alzando las cejas con gesto condescendiente–. No creo que necesite recordarte que yo fui, de niño, uno más de ellos.

–No, no es necesario que me lo recuerdes.

Eso era por lo que estaban allí, en lugar de en Atenas o en cualquier otro lugar. Él quería el poder como complemento a su riqueza y a su éxito profesional, y aquella ciudad le brindaba la mejor ocasión de conseguirlo.

–Entonces, Libby, aunque te pueda resultar un poco complicado, intenta, por un momento, meterte en la piel de una de las personas que viven en el casco antiguo. ¿No sería una gran motivación para ti ver a un hombre, que había salido del mismo lugar que tú, volviendo ahora después de haber triunfado en la vida?

Libby pensó en ello y en la promesa que él había hecho de invertir su dinero en hospitales y viviendas asequibles para todos. Pero tenía que admitir que lo que pensaba de él era que estaba allí sólo por el poder y la emoción de conseguir una victoria política. De hecho, aún no comprendía por qué la gente había llegado a pensar otra cosa. Él había cuidado todos los aspectos de su imagen para conseguir el máximo apoyo popular. Eso era por lo que ella estaba allí. Pero ¿qué había de malo en demostrar a la gente que él era un ser humano además de un triunfador?

–Si, como dices, te interesa tanto que la gente de Metameikos se sienta identificada contigo, ¿por qué te has enfadado por lo que pasó allí?

Rion detuvo el coche al llegar a casa y apagó el motor.

¿Que por qué estaba enfadado por lo que pasó allí? ¡Oh!, había muchas razones: podía estar enfadado por haber dejado que el deseo que sentía por ella hubiera mermado su capacidad de control sobre las cosas; podía estar enfadado porque, por un momento, ella había tenido su destino en las manos, y él se había quedado allí de pie esperando como un tonto el resultado final. Y podía estar enfadado porque... ¡ni siquiera había saciado su maldito deseo por ella todavía!

—Tengo una multiconferencia con mi consejo de dirección de Atenas —dijo abriendo con rapidez la puerta del coche, y luego añadió tras mirar el reloj—: En un par de minutos.

Libby se bajó también del coche mientras él abría la puerta de la casa y se dirigió a él tratando de hacerle ver lo poco razonable que estaba siendo.

—Si no aciertas a encontrar ninguna respuesta, ¿no crees que quizá sea porque no haya ninguna razón? Yo pude haber dicho a todo el mundo la forma en que pensabas sacar provecho de mi regreso para tu campaña electoral, pero decidí ayudarte y, sin embargo, aún parece como si estuvieras a punto de explotar.

Rion se volvió tan bruscamente al oír esas palabras que ella estuvo a punto de chocar con él.

—Tienes razón —replicó él, empujando la puerta por encima de la cabeza de ella, que se quedó inmóvil esperando que él le dijese que se había equivocado y que seguía siendo el mismo hombre del que ella se había enamorado—. Estoy a punto de explotar. Y sé que tú también.

Rion le agarró la mano y se la llevó al pecho, metiéndola por la parte de arriba de la camisa que llevaba abierta.

Fue algo tan inesperado que ella se quedó por un segundo quieta sin saber qué hacer, sintiendo la suave aspereza del pelo de su pecho y los latidos de su corazón que comenzaban a resonar a través de su propio cuerpo de tal forma que no sería capaz de distinguir el latido de Rion del suyo, como si fueran una misma...

—¡No! —exclamó ella, apartando la mano de su pecho y respirando profundamente para llevar a su cerebro el oxígeno necesario para que le recordara que él en realidad no la quería, que ya no era el mismo hombre de antes y que sólo conseguiría hacerla sufrir.

Trató de dar un paso atrás, pero estaba ya con la espalda pegada a la puerta de entrada, así que intentó desplazarse a la derecha pero él hizo lo mismo acorralándola en el sitio.

—¿No? —dijo él, con la voz apagada—. ¿No es esto lo que quieres? Entonces, ¿por qué tienes el cuerpo ardiendo? Y ¿por qué apartas la mano como si te diera miedo lo que pudiera pasar luego?

—No tengo miedo...

—Bien, entonces no hay razón para que la quites.

Le tomó la mano de nuevo y la volvió a meter por dentro de la camisa sin apartar un solo instante los ojos de ella.

Libby sintió un nudo en la garganta, sin saber bien si dejar allí la mano o quitarla. Bajó la mirada para aliviar un poco la tensión que sentía, sabiendo que su única esperanza era tratar de convencerle de que no sentía nada por él.

Rion deslizó suavemente el dedo índice por su brazo derecho hasta llegar al cuello. Libby cerró los ojos y movió la cabeza para que el pelo le cayera hacia delante. Por primera vez desde que se lo había cortado, como símbolo de la vida que quería empezar de nuevo al llegar a Manchester cinco años atrás, deseó no haberlo hecho para poder esconder con él una parte de su cuerpo.

—¿No sabes que dicen que desviar la mirada hacia otro lado resulta aún más incitante que la mirada más provocadora? —murmuró él—. ¿Crees que no recuerdo cómo te escondías siempre bajo tu bella melena dorada cuando... –le apartó un mechón de la cara y se lo puso por detrás de la oreja– cuando me deseabas tanto como yo a ti?

Ella abrió los ojos y le miró fijamente, esperando que no se diera cuenta de la fuerza con que estaba apretando la mano contra su pecho mientras hacía esfuerzos por mantener el equilibrio.

–El significado de las cosas puede cambiar, Rion. El hecho de que tuviera entonces poca confianza en mí misma no significa que ahora retire la mirada por timidez.

–¿Timidez? –exclamó él con una sonrisa maliciosa–. No, no creo que ésa sea la palabra adecuada.

Libby dejó caer las pestañas sobre sus ojos, sintiéndose ofendida por la insinuación.

–¿Por qué no puedes aceptar sencillamente que no quiero mirarte ni... tocarte? –replicó ella retirando la mano de su pecho por segunda vez, y mirándose extrañada la palma de la mano como si la hubiera traicionado.

–No sé –respondió él pasándose las yemas de los dedos por el labio inferior como si estuviera pensando algo importante–. Quizá sea porque no te atreves a decirme eso mirándome a los ojos. O tal vez porque, desde que te presentaste en mi despacho, has estado mirándome de la misma forma que un muerto de hambre mira los manjares de un banquete. ¿Por qué no vienes y lo pruebas?

Libby escuchó su respiración entrecortada y percibió el movimiento de sus pechos subiendo y bajando de forma cada vez más ostensible. ¿Por qué se había molestado en tratar de engañarle? Él tenía la habilidad de leer el sutil lenguaje del cuerpo aun en las personas que acababan de presentarle, ¿cómo no iba a ser capaz de leer el suyo, mucho más transparente?

«Él ha estado usando eso contra ti desde el principio», le dijo una voz desde las profundidades del laberinto de su mente. «Pero no porque te desee, sino porque te necesita para medrar en su carrera política».

Sí, podía ver que su deseo no era más que una máscara, un medio para conseguir su fin. Pero ella tenía la fuerza suficiente para mantener su dignidad y el respeto por sí misma.

Levantó la vista hacia él, pero no vio ninguna expresión en su mirada.

–¿Te cuesta encontrar la respuesta, *gineka mou*?

–No, yo...

–¿Sigues aún aquí? –dijo él, dando un paso atrás y moviendo el brazo a uno y otro lado, alrededor del espacio que había entre ellos, como para dejar ver que ya no le bloqueaba el paso y que, si ella seguía allí, era por su voluntad.

–Sí –susurró ella.

Hubiera querido decir que iba a marcharse pero no pudo pronunciar esas palabras. ¿Cómo podía marcharse cuando él la estaba mirando igual que aquel día que ella entró en la sala de exposiciones de la empresa de su padre, como si quisiera desnudarla con los ojos?

–Sí –repitió ella–. Aún estoy aquí... no quiero ir a ninguna parte.

Rion sintió una sensación de triunfo y deseo corriéndole por las venas. Nunca había tenido duda de que ella le deseaba tanto como él a ella, por un instante se había preguntado si la vergüenza que ella sentía podría ser más fuerte que su deseo. Pero no, ahora no habría ya nada que le detuviera.

–Perfecto –dijo él, bajando la cabeza–. Este lugar me parece tan bueno como cualquier otro.

Libby sintió un vacío en el estómago, en una mezcla de miedo y excitación al comprender que él había interpretado literalmente sus palabras. Él sospechaba que había tenido otros amantes, y por no haber sabido sacarle a tiempo de su error, supondría probablemente que estaba poniendo en juego sus artes de seductora experimentada para hacer el amor a mediodía, en el primer lugar que tuviese a mano. Y si ése era el tipo de mujer con el que estaba acostumbrado a hacer el amor, ella iba a defraudarle.

Una angustia profunda se adueñó de ella, pero todos sus temores se disiparon cuando su boca descendió hasta juntarse con la suya en una sensación cálida y placentera.

Él había sabido siempre la manera de excitarla, enseñándole a descubrir su cuerpo, pero siempre había rechazado los intentos de ella por conocer sus deseos sexuales y sus puntos erógenos. Libby siempre había supuesto que era porque en cierta ocasión no le había dejado todo lo satisfecho que él hubiera querido, pero ahora le estaba demostrando lo apasionado que era y que sus besos eran el mejor afrodisíaco que jamás había experimentado.

Deseosa de saber lo que le gustaba, se dejó guiar por la sugerencia previa de Rion y le desabrochó del todo la camisa. Él contuvo el aliento con impaciencia mientras ella le masajeaba los hombros y luego bajaba las dos manos por su pecho duro y musculoso, rozando con las yemas de los dedos la zona más sensible de sus pezones.

Él le correspondió en seguida. Puso las palmas de las manos por debajo de su camiseta a la altura del vientre y comenzó a subirlas lentamente por debajo de la tela.

Ella cerró los ojos y arqueó la espalda contra la pared, imaginando los movimientos simétricos y simultáneos que sus manos estaban haciendo sobre su cuerpo, acariciándola suavemente cada palmo de su vientre hasta llegar a su sujetador, donde las palmas dejaron de ser planas para curvarse y acomodarse a la forma de sus pechos. Sintió al contacto un dardo de fuego y un deseo entre sus piernas tan agudo que casi le resultó doloroso.

—¡Rion!

Excitada, pero frustrada por aquellas prendas que parecían querer interponerse a su placer, se dispuso a quitárselas. Se sacó la camiseta por la cabeza, y en ese momento sintió como él, dispuesto a no perder un segundo, le desabrochaba el sujetador por detrás y se lo quitaba lentamente como si estuviera desenvolviendo con mucho cuidado un regalo valioso. Ella disfrutó el momento porque se dio cuenta de que él no había olvidado la forma en que a ella le gustaba que la tocaran, y además estaba empezando a desvelar sus propios gustos.

Libby lanzó un gemido y él sonrió de satisfacción. Sus manos corrieron a la búsqueda de más placer, deslizándose hacia abajo hasta dar con el botón de la falda, el corchete y la cremallera. Ella se quitó las sandalias, sintiendo el frío del mármol bajo sus pies, y en unos segundos se quedó completamente desnuda delante de él.

Ansiosa de tenerle junto a ella, comenzó a besarle en el pecho mientras le desabrochaba los pantalones con las manos. Él gimió para animarla, pero eso la excitó tanto que la hizo perder habilidad en los dedos.

Él la ayudó entonces, quitándose el resto de la ropa a toda prisa y deteniéndose sólo un instante para sacar su cartera de un bolsillo de los pantalones antes de dejarlo todo en el suelo. Pero Libby ni siquiera se dio cuenta de eso. Estaba como petrificada por la belleza y grandiosidad de su erección.

Había sentido el deseo instintivo de tocarlo en todo su esplendor desde que le había visto desnudo por primera vez, pero él siempre le había apartado la mano. Ahora, sin embargo, alentada por la satisfacción de haberle hecho gozar con sus caricias en el pecho, aparcó a un lado aquellos recuerdos y agarró su miembro con la mano y le acarició la punta con la yema del pulgar.

Sintió como todo su cuerpo se ponía tenso y su respiración se volvía más agitada, rápida y desacompasada. Ella levantó la vista, ansiosa de ver en su cara el efecto que causaban sus caricias. Tenía los ojos en blanco y la mirada perdida por el deseo. Ella cerró entonces la mano alrededor de su miembro y se puso a acariciarlo y estimularlo, arriba y abajo una y otra vez. Ahora, Rion, embriagado de placer, no la detuvo.

Al menos no hasta que resultó evidente para ambos que, si ella no paraba a tiempo, aquello se iba a acabar demasiado pronto.

Rápidamente, él tomó la cartera que había dejado en la mesita y sacó un preservativo. Ya había roto la envoltura de aluminio cuando a Libby se le ocurrió que tal precaución era innecesaria, ya que ella estaba tomando la píldora. Sólo lo hacía por la comodidad de no tener que estar pendiente de sus períodos, bastante irregulares, durante sus viajes de trabajo. No lo había hecho por ninguna otra razón. Pero presintió que rompería el hechizo del momento, si se pusiese de repente a explicarle todo eso, ahora precisamente que sentía ya sus manos por la cara interna y externa de sus muslos...

Con aparente facilidad, Rion la levantó en vilo por la cintura y dio un paso adelante, de modo que la espalda de ella quedara apoyada contra la pared. Libby lanzó un gemido ahogado ante el momento erótico que adivinaba, enredó las piernas alrededor de la cintura de Rion y se entregó a él sin reservas.

Sintió un placer indescriptible al sentirle entrar dentro de ella. Tal vez fuera un pecado o una falta grave contra las reglas del sexo el que él no la hubiera tocado y acariciado previamente para comprobar si estaba preparada para el acto. Pero ella, en cambio, lo veía como una prueba de que nunca habían estado tan cerca el uno del otro. Que él entendía que podía tirar todas las normas por la ventana porque ella no podía esperar ni un instante más. Ni él tampoco.

Sus empujes eran apasionados, poderosos, primitivos, perfectos. Ella pasó las manos por su pelo negro y espeso, y luego por sus brazos fuertes y musculosos que la sostenían sin esfuerzo aparente, deleitándose con los gestos incongruentes de fortaleza y debilidad que veía de forma intermitente en su rostro, y escuchando sin ningún pudor los sonidos guturales de placer que emitía sobre su hombro. Apoyó la cabeza contra la pared, arqueando la espalda para poder sentir el roce de los pezones sobre su pecho plano y duro. Sintió como si todas las terminaciones nerviosas de su cuerpo estuvieran en tensión y, olvidando por unos instantes sus otras funciones biológicas, se hubieran puesto todas de acuerdo para proporcionar sólo placer.

—¡Oh!

Los músculos de la cara interna de sus muslos comenzaron a contraerse alrededor de su miembro duro y erecto. Quería que él fuera el primero. Asumiendo el riesgo de que ella no pudiera resistir, apretó las piernas con más fuerza alrededor de su espalda para sentirle más profundamente.

Era un riesgo que valía la pena, porque en el momento preciso en que su cuerpo pareció acoplarse de forma plena con el suyo, como si fueran en verdad uno solo, sintió a Rion dando un último empuje colosal, casi salvaje, liberando su deseo entre jadeos de placer.

Y luego, por un instante, se produjo una gran quietud. Una quietud silenciosa, perfecta y reposada, acompañada por la sensación de liberación más inesperada.

—¿Supongo que habrás visto que nuestros deseos e impulsos son mutuos y recíprocos, *gineka mou*? —dijo él, rompiendo el silencio y dejándola en el frío suelo de mármol, con la expresión de seguridad en sí mismo de nuevo en su rostro.

Pero Libby sabía que sólo unos momentos antes, esa expresión había sido muy diferente.

—No —dijo ella—. Lo que he visto es que mi conducta desafiante te excita.

Capítulo 8

¿TU CONDUCTA desafiante? –dijo Rion con una sonrisa burlona.

Era algo que se le había ocurrido a ella en ese instante en que había visto aquella expresión de impotencia o debilidad en su rostro. Él le había dicho que quería que se quedase en el hogar conyugal. Eso significaba que lo que él necesitaba era una mujer para que desempeñase el papel de su esposa mientras durase la campaña, pero cuando le había desafiado, demostrándole que se había convertido en una mujer independiente, eso le había excitado y había hecho el amor con ella con más pasión que nunca.

Libby sintió como si hubiera visto al fin un rayo de luz al final de un túnel largo y oscuro.

–No creo que fuera una casualidad que sintieras ese deseo tan repentino justo cuando te estaba dejando claro que no iba a permitir que me controlaras.

Él soltó una carcajada.

–No, *gineka mou*. Creo que fue sólo una cuestión de cuánto tiempo podrías seguir resistiéndote.

–¿Pretendes decirme entonces que el haberme hecho el amor formaba parte de tu plan? No lo creo, Rion. Te desobedecí, desafiando las órdenes que me habías dado y eso te creó tal grado de frustración que despertó tu deseo... Un deseo tan grande que hasta te hizo olvidar tu importante multiconferencia.

–Sí, se me pasó –dijo él echando una mirada al reloj y encogiéndose luego de hombros con indiferencia–. Pero seguro que nadie me lo reprochará si sabe que me la perdí por estar dedicándole ese tiempo a mi esposa.

Libby se mordió el labio inferior con tanta fuerza que casi se hizo sangre. A pesar de que aquel acto sexual era la única cosa que no había tenido nada que ver con su campaña electoral, él seguía aún utilizándolo para ese propósito en vez de admitir lo contrario.

Recogió furiosa la falda y la camiseta del suelo.

–Bien, si se trataba realmente de eso, ¿por qué no me lo dijiste? Podríamos haber ido a tu despacho y conectar una webcam, para que tus colegas pudieran tener evidencia gráfica de lo atento que eres con tu esposa.

–No seas depravada –replicó Rion con una mueca de desagrado.

–¿No? Preferirías que fuera una mujercita sumisa y obediente, ¿verdad? Muy bien, lo veremos.

Quince minutos más tarde, mientras le oía bajar las escaleras, Libby estaba convencida de que su plan iba a tener el efecto deseado. Llevaba puesta una vieja falda descolorida que le llegaba a los tobillos, que guardaba siempre en el fondo de la maleta para ponérsela en lugar del short, en caso de que en el tour tuvieran que entrar en alguna iglesia donde estuviera prohibido estar con las piernas desnudas. Se había puesto también una túnica de cachemir estampada de color marrón y naranja, que podría resultar bastante funky con un cinturón y unos botines, pero que se daba de patadas con aquella ajada falda larga. Con el delantal de Eurycleia, y unas salpicaduras de harina estratégicamente colocadas por la cara, estaba segura de que podrían darle algún premio, o al menos una nominación, a la mujer menos sexy del año.

Rion entró en la sala de estar, muy ensimismado, con el teléfono móvil pegado a la oreja y hablando en griego con alguien. Libby lo tradujo mentalmente. Se estaba disculpando por no haberse conectado a la multiconferencia. Ella dejó rápidamente el rodillo de amasar que había sacado de uno de los cajones de la cocina y se puso a escuchar atentamente para saber si tendría la desfachatez de contar a su colega el tiempo que le había dedicado a su esposa.

Pero justo cuando la conversación parecía llegar a ese punto, el rodillo de amasar se le escurrió rodando por la encimera y se cayó al suelo de mármol con un fuerte estruendo.

Rion desvió la vista de inmediato hacia ella, que, en vez de dirigirle los insultos que le tenía ya reservados, se disculpó con una dulce sonrisa que decidió mantener como una máscara en la cara hasta saber realmente si aquello había sido un rayo de luz al final del túnel o simplemente un espejismo.

Él la miró de arriba abajo, como si estuviera viendo a una loca, y se marchó rápidamente en dirección contraria para que ella no pudiera oír absolutamente nada de lo que estaba diciendo, y sólo se dio la vuelta de nuevo hacia ella cuando terminó su conversación.

—¿Qué demonios estás haciendo?

Libby acercó la cuchara con la miel al bol, donde había mezclado ya la harina con la leche y los huevos, y la echó al recipiente ayudándose con el dedo.

—Las galletas de Euryclea se estaban agotando, así que pensé que sería mejor hacer algunas más —dijo ella fingiendo mirar de reojo la receta que había encontrado—. ¿Y tú, qué haces aquí? ¿Sales?

Rion miró por un instante su camisa blanca y limpia y asintió con recelo, pensando en el cuidado que tendría que tener con lo que decía por si ella tenía intención de volver a seguirle.

—Esta noche, tengo una reunión con mi equipo.

—Muy bien, que tengas suerte —dijo ella—. Te esperaré levantada, como a ti te gusta.

–No es así exactamente así como a mí me gusta –replicó él.

–¿No? –preguntó ella con un hilo de esperanza.

–No –respondió él, acercándose de repente por detrás a ella, sacándole la mano del bol y llevándose su dedo untado de miel a la boca para chuparlo lentamente–. Me gustaría más así.

Libby se quedó con el cuerpo ardiendo de deseo cuando diez minutos después Rion le soltó la mano y se marchó a su reunión tras mirarla detenidamente. Ella negó con la cabeza y se puso a remover la masa de las galletas con más fuerza de la necesaria. Aquello iba a llevarle tiempo, sin duda. Sería demasiado optimista suponer que, si actuaba como una esposa sumisa y domesticada, conseguiría de forma instantánea los resultados que buscaba. Pero no tenía ninguna duda de que él perdería pronto su interés por ella y tendría que admitir que su conducta desafiante tenía la virtud de excitarle sexualmente. Y luego a aceptar que no quería que ella siguiese actuando como una caricatura de esposa, sino como su esposa de verdad.

«Oh, vamos, Libby, no seas ingenua», le reprochó su voz interior mientras iba poniendo las obleas de galleta en la bandeja del horno. Lo mejor que podía esperar era que él se diese cuenta de que chantajearla no iba a resolver nada y firmase finalmente los papeles del divorcio.

Tras cerrar la puerta del horno se quedó con la espalda apoyada en él, sintiendo su calor. Recordó entonces la felicidad que había sentido de nuevo en sus brazos, y decidió seguir manteniendo viva la esperanza.

En los días que siguieron, Rion dedicó casi todo el tiempo a su campaña. Cuando no estaba dando un mitin o recorriendo el resto de la provincia recabando apoyos, estaba hablando por teléfono con la sede de su empresa en Atenas, comprobando que todo seguía funcionando correctamente en su ausencia.

Eso le dio a Libby la oportunidad de hacer el papel de esposa sosa e insulsa a la perfección. Ella no hacía casi preguntas, ni expresaba apenas opiniones. No mostraba deseos de acompañarle a ningún sitio, y aunque ella continuaba tranquilamente con su trabajo durante el día, se aseguraba siempre de estar en casa antes que él. Dejaba el frigorífico bien lleno, la casa limpia y ordenada, y continuaba poniéndose la ropa más sosa y sin gracia que podía encontrar.

Y funcionó.

Había pasado ya más de una semana, y Rion no había vuelto a hacer el amor con ella.

Sin duda, la prueba de fuego hubiera sido esperarle en su cama todas las noches, en lugar de irse a la habitación de al lado, por temor a que ella no fuera capaz de controlarse, pero nunca había llegado a hacerlo porque, como esposa considerada que era, sabía que tenía que respetar el sueño de su marido que tanto trabajaba por el día. Eso sí, dejaba siempre entreabierta la puerta de su dormitorio por si él quería demostrarle que ella estaba equivocada.

Pero no lo hizo. Ni una sola vez. Y, aunque él seguía sin admitir que ella le dejase frío actuando de esa manera, Libby estaba segura de que sería sólo cuestión de tiempo que acabase claudicando.

Esperaba con todas sus fuerzas que eso fuese cuanto antes. Porque, actuando de esa manera todo el tiempo, se sentía como un pájaro al que le hubiesen cortado las alas y no necesariamente porque estuviera deseando repetir la actuación de aquella tarde. Sólo que, para su sorpresa, ella en realidad no se sentía como si le hubiesen cortado las alas. Aunque él se pasaba fuera casi tanto tiempo como en los primeros días de su matrimonio, eso no le molestaba ahora tanto como entonces, ya que ahora tenía un trabajo al que dedicarse. De hecho, disfrutaba bastante con las tareas de la casa y estando en un lugar fijo en vez de encontrarse cada noche en la habitación de un hotel diferente.

En resumen, durante esos días había demostrado que en los últimos cinco años había conseguido hacerse una mujer independiente hasta tal punto que se sentía ahora preparada para compartir su vida con alguien. Pensó en la ironía que había sido que su padre le hubiera puesto el nombre de Liberty. Porque, aparte de algunos momentos maravillosos de sexo, todo apuntaba al hecho de que lo único que quería su marido era dominar el mundo.

Libby respiró profundamente, no conseguía apartar de su mente aquel momento de sexo abrasador. Necesitaba una distracción. Era demasiado tarde para volver a trabajar sobre algún posible itinerario turístico, Rion estaría pronto en casa, y tampoco tenía sentido ponerse a limpiar la casa pues estaba ya impecable. Miró por la ventana y vio el jardín. Sí.

Así que ella aún seguía jugando a eso, pensó Rion cuando salió al jardín por la puerta de atrás y la vio recogiendo higos de la higuera que había detrás del viejo columpio. Al entrar en casa y no verla, había llegado a pensar por un instante que había salido, renunciando por fin a seguir con aquella farsa absurda y ridícula.

¿Acaso no sabía ella que él la deseaba con pasión, hiciese lo que hiciese y se vistiese como se vistiese? Si quería conseguir que la rechazase tendría que probar algo más drástico, como, por ejemplo, hacer la lista de todos los votos matrimoniales que había quebrantado. No es que con eso fuera a conseguir nada tampoco, pensó con gesto grave.

Se quedó mirándola un rato. Tenía un brazo extendido sujetando una rama del árbol mientras con el otro arrancaba los higos. En aquella postura, la camiseta suelta y holgada que se había puesto a propósito para no marcar las curvas y dar una imagen recatada, conseguía el efecto contrario, al enseñar generosamente el ombligo y buena parte del vientre. Sintió una fuerte excitación.

¿No sería una nueva estratagema suya para ponerle a prueba?, se dijo Rion apretando los dientes, al pensar que parecía estar dispuesta a continuar aquel juego todo el tiempo que fuese preciso. Pero, aunque él se había jurado no ceder hasta que ella diese el primer paso, empezaba a sentir que aquella situación, o mejor dicho, el cuerpo de Libby, le estaba volviendo loco.

Y eso le frustraba aun más. Había pensando en vengarse, haciéndole el amor a medias para dejarla insatisfecha, pero había abandonado la idea porque no quería dejarla marchar otra vez. Empezaba a sentir una extraña sensación de felicidad con el simple hecho de volver a casa y verla allí, y se preguntaba si la mirada triste y melancólica de ella no significaba que estaba empezando a sentir lo mismo. Volvió a apretar los dientes. No, no era posible, sería probablemente sólo un ardid para despertar su compasión y conseguir que firmara los papeles del divorcio. No, no podía bajar la guardia. Se había jurado que nunca más volvería a pecar de ingenuo.

–¿Están maduros? –le preguntó él, acercándose a ella por detrás.

Libby, sobresaltada, soltó la rama bruscamente, cayendo algunos higos y reventándose al tocar el suelo.

–¡Oh! No te había oído llegar –dijo ella algo enojada, aunque en seguida se contuvo, recordando su papel, y añadió con tono mucho más dulce–: Sí, están maduros. ¿Quieres uno?

–Tienen muy buena pinta, probaré uno más tarde –respondió él–. Tengo una reunión esta noche con el alcalde... Por cierto, tengo que recordarte que la fiesta preelectoral es mañana por la noche.

Sí. Había estado tan ensimismada en la campaña electoral, contando, angustiada, día a día, lo que faltaba para que acabasen aquellas dos semanas, que se le había pasado por alto aquella fiesta.

–¿Es ésa que me dijiste que querías que fuera contigo?

«Ésa que a Stephanos le daría un infarto si no fueses», pensó Rion. La gente había estado preguntando por ella en todos los actos electorales que había habido desde aquella intervención suya en el mitin. Rion había pensado que su presencia habría sido muy positiva si hubiera podido confiar en ella. Pero no había querido correr el riesgo de que hubieran salido de su boca en un momento dado palabras tan peligrosas como chantaje o divorcio.

Pero, en aquella ocasión, no le quedaba otra elección. No era posible ir sin ella. Tendría que vigilarla continuamente para que no soltara ninguna inconveniencia.

–Sí, ésa. Tendremos que alojarnos en la residencia municipal hasta el día siguiente en que concluyan las elecciones. ¿Vendrás conmigo?

Por primera vez, su respuesta dulce y sumisa le vino de forma natural. ¡Una velada entera desempeñando su papel de esposa dócil, seguida de una noche juntos! Sería la prueba final.

–Desde luego –dijo ella con esa voz dulce y empalagosa que tanto había ensayado–. Nada me complacería más.

Capítulo 9

LIBBY tenía un dilema: no sabía qué vestido ponerse para la fiesta. El improvisado aspecto de mujercita de su casa, en plan Cenicienta, que había estado luciendo durante la última semana parecía haber logrado su objetivo de aplacar el deseo de Rion por ella. Pero esa noche él quería que su mujercita apareciese en la fiesta colgada de su brazo y eso exigía una vestido de noche.

Sólo se había llevado uno. En los espectáculos que se daban por la noche en los tours que organizaba Kate's Escapes se iba siempre con ropa informal, y sólo en las pocas ocasiones en que iban por ejemplo a Austria y acudían a la ópera de Viena, se ponía el único vestido elegante que tenía. Era de una tela suave y vaporosa de un color azul etéreo y muy apropiado para la ocasión. Pero lo encontraba demasiado ceñido e incluso atrevido, y le parecía, por tanto, que no encajaba con la imagen que había estado dando los últimos días.

«Pero despertaste su deseo aquella tarde, no por tu aspecto, sino por tu forma de comportarte», le dijo su voz interior, mientras bajaba las escaleras, muy respetuosa y con la mirada baja. Pero no tan baja como para no ver lo apuesto que Rion estaba con su esmoquin y sentir, de inmediato, un calor intenso por todo el cuerpo.

–¿Ese alcalde de la fiesta es el mismo que querías presentarme al salir del teatro aquella noche? –preguntó ella, mientras se dirigían al Bugatti.

Sus palabras interrumpieron los pensamientos de Rion. Unos pensamientos que pasaban por arrugarle quizá un poco ese vestido tan sexy y llegar probablemente un poco más tarde de lo previsto a la fiesta del alcalde. Pero desechó aquella idea de su mente. Esa noche necesitaba tener la cabeza en su sitio.

Rion asintió con la cabeza mientras le abría la puerta para que entrara en el coche.

–Se llama Georgios Tsamis. Aquí, en Metameikos, el cargo de alcalde es honorífico y no tiene poder político. Se le otorgó con todo merecimiento por la defensa del país que llevó a cabo en el pasado y por su trabajo posterior en servicio de la comunidad local.

Libby se esforzaba por escucharle pero no conseguía concentrarse en sus palabras, mirando sus manos fuertes y varoniles sujetando con firmeza el volante y girando la llave de contacto para poner el coche en marcha.

–Es ya una tradición que el alcalde, antes de unas elecciones, celebre una fiesta en su residencia invitando a todos los candidatos y a una representación del electorado. Es un gesto de democracia y una demostración de su neutralidad.

Ella asintió con la cabeza, pensativa, mientras entraban por la zona nueva de Metameikos, y la luz del atardecer proyectaba unas sombras largas sobre las villas encaladas.

–Pero tendrá alguna preferencia entre los candidatos, ¿no?

–En efecto –replicó Rion, sorprendido de su sagacidad política.

–¿Y ha apoyado a Spyros en años anteriores?

–Georgios es un buen hombre y muy tradicional. Pero, por desgracia, no sabe juzgar el carácter de las personas y ha sido ajeno a los sucios manejos de Spyros durante años.

Libby hubiera querido replicar que tal vez él precisamente no fuese el más indicado para criticar al alcalde por no saber desenmascarar a las personas, pero prefirió no decir nada y asentir con la cabeza.

Rion no volvió a decir una palabra más. Se produjo en ese momento una tensión similar a la que se había producido la última vez que estuvieron juntos en el coche. Libby pensó que sería sólo producto de su imaginación, ya que en aquella ocasión había sido debida a una tensión sexual, y ahora, aunque las miradas de reojo de Rion no podían calificarse precisamente de castas, no era posible que hubiera una situación parecida ya que ella no se había comportado con él de manera desafiante en ningún momento.

Con el rabillo del ojo, Rion la vio mordiéndose el labio inferior y creyó adivinar lo que estaba pasando por su mente. Sonrió mientras detenía el coche a unos metros de la residencia municipal y pasaba el dorso de la mano por el brazo desnudo de ella con mucha delicadeza.

—Ya hemos llegado —dijo él.

Un aparcacoches del ayuntamiento acudió en seguida a abrir las puertas del Bugatti, y Rion salió del coche y se fue hacia la puerta de ella para ayudarla a salir.

A Libby no se le pasó por alto la paradoja de que Rion le entregase a aquel joven, de uniforme rojo y gris, las llaves del coche junto con una generosa propina, recordando que él había sido también, en otro tiempo, aparcacoches en la empresa de su padre.

Rion pareció leer de nuevo su pensamiento, la agarró de la muñeca y la obligó a mirarle a la cara.

—No me importa que recuerdes constantemente lo que soy, ni que trates de convencerte a ti misma de que mi deseo por ti es una verdad incómoda, porque siempre va a ser así.

—¿De qué estás hablando? —dijo ella con el corazón acelerado.

—De esto.

Rion le puso el brazo en la espalda de tal forma que ella se arqueó ligeramente dejando la cabeza un poco inclinada hacia atrás, en un ángulo perfecto para que él la besase.

Libby se quedó desconcertada. Trató de descifrar lo que él le acababa de decir, pero su mente estaba demasiado confusa por el deseo. Ese deseo que ella había reprimido durante días, pero que estaba aflorando ahora con aquel beso. Todo era muy extraño. Aquello no tenía ningún sentido. Se suponía que él no sentía ningún deseo por ella cuando se mostraba complaciente y sumisa.

Cuando, tras unos segundos, él se separó de ella y el mundo pareció dejar de girar, se dio cuenta horrorizada de dónde estaban. Se hallaban rodeados por multitud de personas de Metameikos que se dirigían a la residencia municipal y eran testigos de su demostración pública de afecto. Ella se ruborizó intensamente, pero no por pudor, sino por darse cuenta de que ésa era la razón por la que la había besado: demostrar en público el amor de un marido por su esposa. Se sintió tan ofendida que hasta se le olvidó que estaba haciendo el papel de esposa recatada y sumisa.

–Oh, claro, se me olvidaba que estamos en público –dijo ella con intención.

–¿Y qué? –replicó él muy serio–. ¿Crees que puedes usar eso como excusa para seguir fingiendo que lo que hay entre nosotros no es real?

–No. Lo que creo es que me he pasado la última semana siendo exactamente el tipo de esposa que tú deseabas que fuese, pero no te has sentido interesado por mí lo más mínimo.

–Tal vez es lo que quise hacerte creer –dijo él mirándola fijamente.

Libby le miró horrorizada. Él había sabido desde el primer momento lo que ella estaba tratando de hacer, y había pensado que, mientras la dejase seguir con su plan, conseguiría exactamente lo que quería: una esposa «honrando el hogar matrimonial» mientras durase la campaña electoral. Se sintió mal. ¿Cómo había estado tan ciega esa última semana como para no comprender que él la estaba utilizando de nuevo? Aquella luz al final del túnel que ella había creído ver no había sido más que un espejismo. Él sólo quería controlarla.

–¡Ah, señor Delikaris! –Libby se dio la vuelta y vio a un hombre, que parecía un Santa Claus con corbata negra, acercándose a ellos–. Y esta hermosa joven debe de ser su esposa, ¿verdad? –dijo sonriendo con benevolencia.

–Sí, ésta es Libby –dijo Rion asintiendo con la cabeza–. Libby, tengo el placer de presentarte a Georgios Tsamis.

–Es un placer conocerle –dijo ella estrechándole la mano.

–El placer es mío –dijo Georgios con mucha cordialidad–. Y además, me siento feliz de saber que vuelven a estar juntos de nuevo –añadió guiñando un ojo–. ¡Qué alegría resulta siempre ver a dos personas enamoradas!

Libby sintió que se le revolvían las tripas. Lo de Rion era aún peor de lo que creía. No se había puesto a besarla en público para ganarse el afecto de algunos ciudadanos, sino porque había visto al alcalde acercándose a ellos.

–Los empleados del servicio les llevarán sus cosas a la habitación –dijo Georgios, mirando hacia donde estaba un grupo de muchachos aparcando cuidadosamente los coches y cargando los equipajes en los carritos–. Cuando pasen al vestíbulo principal verán que se han servido unos canapés y unas bebidas en el Rose Garden. Cualquier cosa que necesiten, por favor, no duden en pedirla. Durante las próximas veinticuatro horas, quiero que se sientan como si estuviesen en su propia casa.

–Gracias –respondió Rion con una sonrisa, poniendo una mano en la espalda de Libby.

–Ahora, si me disculpan... –dijo Georgios con algún titubeo–. Acaban de llegar el señor y la señora Spyros.

–Por supuesto. Vaya usted –dijo Rion con mucha educación haciendo un gesto con la mano para que fuera a recibir a su rival político.

–Es una ventaja que Georgios tenga tan poca psicología para enjuiciar a las personas –susurró Libby mientras se dirigían por el vestíbulo principal hacia el jardín–. De lo contrario, se habría dado cuenta de que, si estoy aquí, es sólo porque me estás chantajeando.

Rion se puso tenso. Miró a su alrededor para comprobar si había alguien por allí cerca que pudiera haberla oído, pero por suerte estaban solos en ese momento.

Tomó dos copas de rosado de la bandeja de un camarero que pasó a su lado, le dio una a Libby, y él se echó un buen trago de la suya. Justo cuando iba a contestar a Libby, vio a Eurycleia acercándose a ellos muy sonriente.

–¡Oh, qué alegría verles a los dos! –dijo la mujer besándoles muy cariñosamente en ambas mejillas–. No les molesto más, sé que tendrán que ir a saludar a muchas personas importantes. Sólo quería ver que estaban bien –añadió ella con un gesto maternal–. ¿Si hay algo que necesiten? Puedo traerles unas galletas si se quedan con hambre. Sólo necesitaría un minuto para...

–Gracias por su amable ofrecimiento –le interrumpió Rion–, pero Libby nos ha dejado ya bien surtida la lata de las galletas.

–Ah, claro, como debe ser –replicó Eurycleia dando una palmada de alegría, y luego añadió dirigiéndose a Rion–: Aunque no debe dejarle que se pase demasiado tiempo en la cocina. Una mujer debe tener su propia vida, ya sabe.

–Pienso lo mismo que usted –respondió Libby muy serena–. Estoy segura, por muchas razones, de que Rion estará deseando que vuelva muy pronto a casa.

Rion frunció el ceño al ver cómo se le iluminaba la cara a Eurycleia de repente.

–Disfrute ahora de su tiempo libre –dijo Rion girando la cabeza para ver al hombre que miraba a su ama de llaves con un brillo especial en los ojos desde un extremo del jardín–. No me cabe duda de que Petros la tendrá muy ocupada.

Eurycleia le devolvió la mirada al hombre de forma muy afectuosa.

–Parece que ese hombre la adora –afirmó Libby con un tono de nostalgia que, afortunadamente, ni Eurycleia ni Rion llegaron a captar.

–Ha venido un poco celoso al ver que estaba charlando con ese joven tan encantador que trabaja para usted –dijo Eurycleia a Rion–. ¿Cómo se llama...? Stephanos. Sí, eso es. Me estaba diciendo que usted y ese otro hombre, cuyo nombre ni siquiera quiero mencionar, están ahora a la par en las encuestas de opinión. Ya ven qué tontería... ¡Cómo va a fijarse en mí un hombre tan apuesto y educado como ése! –exclamó moviendo las manos en un gesto de incredulidad y volviendo a dar luego una palmada–. Pero, bueno, discúlpenme, creo que hablo demasiado. Ya les he robado demasiado tiempo –dijo estrechándoles las manos–. Si necesitan algo, ya saben dónde encontrarme.

Les guiñó un ojo y se perdió por el jardín entre la multitud.

Libby la vio marcharse y se fijó por primera vez en el aspecto tan hermoso que tenía el lugar con aquella mezcla pintoresca de flores y luces de colores. Le recordó a algunas fiestas que daban sus padres en los jardines de Ashworth Manor, a las que invitaban a todas las familias ricas del sur de Inglaterra que tenían hijos de su edad. Pero ahora era distinto. No había aquella discriminación. Los vestidos de diseño de las mujeres de la zona rica alternaban con los trajes mucho más humildes que las mujeres del casco viejo tenían reservados para los domingos. Así hubiera preferido que hubieran sido aquellas fiestas de sus padres.

Le dio la impresión de que algunas personas no se sentían muy cómodas en aquel ambiente pero, con excepción de los miembros del clan de Spyros, todos trataban de hacer un esfuerzo por disimularlo.

Era lo que se esperaba de ellos. Después de todo, se suponía que aquello era una fiesta de la democracia. Pero ¿lo era de verdad?, se dijo ella con tristeza. La democracia significaba libertad para elegir, pero la gente de Metameikos no tenía muchas opciones. Esas elecciones era una farsa, eran sólo una lucha entre dos hombres ambiciosos sedientos de poder. De eso no tenía la menor duda. Y no podía soportar la idea de formar parte de ella.

Libby probó un sorbo de su copa de vino y se volvió hacia Rion.

—Te lo dije desde el principio, no estoy dispuesta a mentir por ti. Especialmente, ahora que me doy cuenta de que no eres mejor que Spyros.

—No te estoy pidiendo tal cosa, Libby —replicó Rion, apretando los dientes

—Me estás pidiendo que esté a tu lado, para que parezca que me siento a gusto contigo y todos vean lo bien que nos llevamos. Eso creo que puede llamarse también una mentira.

—¿De veras lo crees así? —preguntó él con sarcasmo—. No me pareció que te sintieras a disgusto cuando estabas haciendo el amor conmigo.

Libby negó con la cabeza, desconsolada.

—Eso fue también otra mentira. Sólo me utilizabas como una pieza más de tu campaña electoral.

El rostro de Rion reflejó de repente una gran perplejidad. Luego se calmó.

—Cuando llamé a la oficina a Atenas, les dije que no había podido conectarme a la multiconferencia porque las líneas estaban saturadas. Eso fue todo.

Libby, con las mejillas encendidas, quería creerle. Pero, cómo podía hacerlo, cuando todo lo que le había dicho hasta ahora para evitar que se marchara tenía como única finalidad tratar de ganar las elecciones.

—No –dijo ella negando al mismo tiempo con la cabeza.

Sintió entonces una sensación de mareo. Dio un paso atrás, pero él le agarró por la muñeca y acercó los labios a su oído.

—¿Quieres la verdad, Libby? La verdad es que esto no tiene nada que ver con las elecciones, ni con lo que se dice de nuestro matrimonio en los periódicos. Esto es sólo una cosa entre tú y yo. Siempre lo ha sido.

—¡No! –exclamó ella, apartando bruscamente el brazo y sintiendo un dolor agudo en el hombro–. No puedo seguir con esto, Rion.

Ella tenía la impresión de que le había estado engañando todo ese tiempo, pero lo de antes había superado todo lo imaginable. Tenía que irse en seguida. De lo contrario le partiría el corazón para siempre.

Se extrañó de que él no la agarrara del brazo para impedirle irse, pero comprendió la razón tan pronto como desapareció entre la multitud de los asistentes al acto, dejando a trompicones su copa de vino en una bandeja de plata que vio al pasar. Retener a su esposa por la fuerza dañaría más su reputación que el hecho de que no los vieran juntos.

No sabía adónde ir. Lo único que quería era estar en un lugar abierto y lo más lejos posible de él. Pero cuando se disponía a entrar en el hall para salir luego por la puerta principal, vio un pasillo junto a un árbol de laureles, en el extremo izquierdo del edificio. Parecía una especie de atajo para salir a la calle sin correr el riesgo de que algún conocido la viera.

Se dirigió rápidamente hacia allí, pero se detuvo a los pocos pasos al oír unas voces susurrando.

—Vamos. No creo que un poco de dinero vaya a ser un obstáculo. Tendré que clausurar sus preciosos museos y desahuciar de sus casas a cincuenta, por lo menos.

Libby se ocultó detrás del árbol sin hacer ruido y, tras prestar unos segundos de atención, reconoció que aquella voz desagradable era la de Spyros.

Asomó un poco la cabeza con cuidado y distinguió a un hombre larguirucho, que ella no conocía, sacando con la mano unos billetes del bolsillo de la chaqueta y juntándolos con otro fajo de billetes que tenía en la otra mano.

—Eso está mejor —dijo Spyros con aire de autoridad.

El hombre parecía no querer soltar los billetes, a pesar de que Spyros se lo exigía con la mano extendida.

—¿Y el permiso de obras? —dijo el larguirucho.

—Lo tendrá en su despacho esta misma semana.

—¿Y si, para entonces, usted ya no es el que tiene el poder en Metameikos?

—¿Cree que me preocupa ese Delikaris? —exclamó Spyros con una sonrisa de desprecio—. ¡Un muchacho de los barrios bajos que se cree que construir un nuevo hospital le va a devolver a su hermano!

Libby, desconcertada, abrió los ojos como platos. ¿Hermano? ¿Qué hermano?

—Pero incluso Stamos dijo que estaba empezando a pensar que...

—¿Quiere usted construir sus apartamentos de lujo o no?

Libby aguzó el oído, esforzándose para no toser o estornudar, cuando de pronto una mano la agarró de la cintura por detrás.

Capítulo 10

LIBBY dio un grito al sentir que alguien la levantaba en volandas como si fuera una pluma. Pero mientras su agresor la sacaba de su escondite detrás del laurel y pasaban por una puerta del edificio, percibió un perfume familiar e inconfundible. El de Rion.

—¡Bájame! —exclamó ella, casi chillando, tras pasar de su alivio inicial a una furia incontenida—. ¡Acabo de ver algo!

Ella intentó volver de nuevo al lugar donde había presenciado aquella sospechosa conversación, pero Rion la retuvo.

—Creí que...

—Spyros —dijo ella jadeando—. Estaba aceptando un soborno... a cambio de conceder un permiso de obras para un bloque de apartamentos de lujo... en el casco antiguo.

—Ya te dije que es la corrupción personificada —afirmó él, impasible.

—Si volvemos, puedo decirle a todo el mundo lo que he visto.

Rion no dijo nada, prefirió seguir con ella allí en vez de tratar de investigar lo que le había contado sobre Spyros. Ella se extrañó mucho en un principio, pero luego creyó verlo todo claro.

Volver corriendo a aquel camino apartado del jardín gritando traición a las once de la noche podría dañar la reputación de Rion más que la de Spyros. La forma más rápida y efectiva de poner fin a su corrupción no era acusándole o difamándole, sino derrotándole en las urnas.

Libby miró el rostro de Rion, tenuemente iluminado a la luz de la pálida luna. Hacía sólo diez minutos, no se sentía capaz de estar con él un solo instante porque había pensado que no había ninguna diferencia entre los dos candidatos que se presentaban a aquella elecciones, pero ahora tenía la prueba inequívoca de que todo lo que Rion le había dicho sobre Spyros era verdad.

¿Y Rion?

Respiró profundamente. Resultaba odioso tener que hacer esa pregunta tan básica al hombre con el que llevaba cinco años casada.

–Spyros dijo también algo sobre... un hermano que tenías.

–¿Qué pasa con mi hermano? –exclamó él, con la cara descompuesta.

Así que era cierto. Ella sintió algo especial en el corazón ante la posibilidad de que él actuara impulsado por algo más que el poder y el éxito. Pero sintió a la vez una gran amargura al comprender que eso demostraría lo poco que sabían el uno del otro.

Trató de elegir sus palabras cuidadosamente.

–Spyros dijo que querías construir ese nuevo hospital por él –Rion permaneció callado y siguió mirando en silencio hacia la oscuridad–. ¿Es verdad, entonces? –se atrevió a decir ella después de unos segundos.

Él apretó los dientes. Por culpa de ese maldito Spyros, no tendría ahora más remedio que contarle a ella la historia de su hermano. Bueno, después de todo, ¿qué importaba? Ya no podía caer más bajo en su estimación. Además, ya se había hecho a la idea de que ella le iba a abandonar de nuevo.

Asintió con la cabeza, resignado.

–Se llamaba Jason. Éramos gemelos.

¿Gemelos? Entonces, habían sido más que hermanos, se dijo ella. Miró a Rion fijamente. Sintió como si le estuviera viendo por primera vez.

–¿Qué pasó?

–Sufrió una neumonía el invierno terrible, gélido y húmedo en que cumplió doce años –dijo Rion–. Mi padre nos había abandonado antes incluso de que naciéramos, así que mamá, Jason y yo compartíamos una casa con otra familia. La de Eurycleia –confesó él sin ambages–. Fue un milagro que uno de los dos sobreviviera.

«Mientras tú crecías con todas las comodidades al calor del fuego de la chimenea de Ashworth Manor», se dijo ella para sus adentros con un sentimiento de culpabilidad, sabiendo que eso era lo que él estaba pensando.

¿Era por eso por lo que siempre había ambicionado tener la casa donde ahora vivía? ¿No porque fuera la casa más lujosa de Metameikos, sino porque era el hogar perfecto para una familia?

–Le llevamos al hospital, y nos dijeron que teníamos que esperar –continuó Rion, con la voz teñida de amargura–. Y esperamos. Vimos atender a muchos pacientes que había llegado después que nosotros, aunque su estado no era tan grave como el de mi hermano. Al tercer día, Jason era el único que quedaba en la sala de espera. Pero los médicos aún no tenían tiempo para verlo.

Libby hizo un gesto de desagrado en el mismo instante en que una carcajada, particularmente estridente e inadecuada que venía de la fiesta, se filtró por las paredes.

–Comprendimos que lo que querían era dinero –siguió contando Rion, aparentemente inmutable–. Creyeron que mi madre conseguiría el dinero. Trabajaba noche y día por una miseria, sólo para poder alimentarnos y vestirnos. No tenía nada, salvo unas pocas monedas y amor. Ni tampoco familiares o amigos que pudieran prestarle algo –un sentimiento de dolor comenzó a nublar la mirada de Rion–. En su desesperación, hizo la única cosa que se le ocurrió. Fue a pedir ayuda a Spyros padre, el cacique de Metameikos en aquellos años –la expresión de dolor de Rion se tornó de pronto en odio–. Él le dijo que la vida, como todo lo demás, tenía un precio. Tenía razón. Jason murió allí mismo, en la sala de espera.

Libby se sintió emocionada. Quiso acercarse a Rion y abrazarle, pero él la estaba mirando como si ella no pudiera comprender nada de lo que le había contado.

–Mi madre casi se murió de pena –prosiguió diciendo él–. Se hubiera muerto ciertamente si nos hubiéramos quedado aquí. El marido de Eurycleia, que trabajaba en los muelles, nos ayudó a viajar de polizones a Inglaterra. A pesar de todo, acabó muriéndose diez años después sin haber podido superar aquel sufrimiento.

–Lo siento mucho –susurró Libby, sin pensar bien lo inapropiadas que resultaban esas palabras en aquel momento.

Sí, ella sentía muchas cosas. Sentía todo el sufrimiento que él había tenido que pasar. Sentía que todas las suposiciones, sobre las razones por las que él estaba haciendo aquello hubieran resultado equivocadas. Sentía no haberle apoyado cuando sus motivos eran tan nobles.

–No quiero tu compasión, Libby –dijo él, con una mirada de resentimiento.

No, Libby sabía que él estaba resentido y no quería nada de ella. Pero si le hubiera explicado desde un principio la verdadera razón por la que quería ganar esas elecciones, le habría apoyado incondicionalmente.

Quizá no se le había ocurrido hacerlo porque sentía que ella no le había considerado nunca un hombre digno de ella y creía que sólo le movía la ambición de poder para ganar aquellas elecciones. Sí, ahora la comprendía. Spyros sabía lo de Jason por su padre, pero nadie más lo sabía en aquella ciudad. De otro modo, Rion no tendría necesidad de convencer a los ciudadanos de Metameikos de su compromiso con los valores de la familia. Pero él no había querido decirlo porque no quería que nadie le votase por lástima.

–No es compasión, Rion –replicó ella, deseando que entendiera que quería darle su apoyo porque creía en la justicia y ahora también creía en él–. Supongo que no seguirán pasando aquí ese tipo de cosas en los tiempos actuales, ¿no?

–Spyros hace ahora las cosas de forma más sutil que su padre –contestó él con los dientes apretados–, pero la diferencia entre ricos y pobres es tan grande como lo ha sido siempre.

–No lo sabía... pensé que sólo te movía el poder y la ambición.

¡Qué ingenua había sido! ¡Qué visión más idealista y equivocada se había hecho del barrio viejo!, pensó ella avergonzada.

–Sí, supongo que ahora pensarás que todo se trata del deseo de venganza de aquel pobre niño de la calle, ¿verdad?

Libby se le quedó mirando. No, no podía ser eso. Él podría haberse vengado de los médicos o de la familia de Spyros de otras muchas maneras, pero había elegido la más noble: tratar de mejorar las cosas para que las generaciones posteriores no tuvieran que pasar los mismos sufrimientos de su familia.

El sonido de un objeto metálico tintineando sobre un objeto de cristal le interrumpió sus pensamientos. Provenía del otro lado de la pared. Luego se produjo un gran silencio, seguido de la voz de un hombre hablando en voz alta.

–Señoras y señores, el alcalde Tsamis va a proceder al tradicional brindis por los candidatos en el salón principal dentro de cinco minutos.

–Tengo que ir –dijo Rion sin pensárselo dos veces.

Se marchó de allí, sin mirar siquiera hacia atrás para ver si ella le seguía. Pero Libby sabía que su puesto era estar al lado de su marido. Porque la libertad y la justicia que él estaba tratando de defender en aquella ciudad eran las mismas por las que ella había luchado toda su vida.

Y porque, finalmente, tenía la prueba de que él era el hombre intrínsecamente bueno del que se había enamorado.

Rion se situó junto a la tribuna que se había instalado en la sala principal. Stephanos llegó en seguida y se puso a su lado, dándole una copa de champán que Rion miró con aire sombrío.

Libby se había ido. No le cabía ninguna duda. Ella ya sabía que había sido pobre y se había criado en los barrios bajos, pero cuando le había contado los sórdidos detalles de su pasado había visto el horror dibujado en sus ojos de forma palpable. Probablemente estuviese ahora ya camino de Atenas.

Sintió una ira profunda en el corazón. Por ella. Por dejarle. Por dejarle dos veces. Y por sí mismo. Por creer que en el fondo podría ser capaz de convencerla para que siguiese con él, o al menos lo intentase.

Stephanos, a su lado, miraba ansioso a la multitud tratando de encontrar a Libby con la mirada, mientras Georgios subía ya a la tribuna. Rion contempló de soslayo la abultada tripa de Spyros desparramada sobre la banda escarlata que llevaba a la cintura, igual que él llevaba. Había en sus ojos mezquinos una expresión manifiesta de júbilo.

Georgios, con un tenedor en la mano, volvió a dar unos golpecitos sobre una copa de cristal y la sala guardó silencio.

–Buenas noches, damas y caballeros, y gracias a todos por haber venido. Es para mí un gran placer verles aquí en la víspera de lo que promete ser las elecciones más reñidas y sin duda emocionantes que hayamos visto en Metameikos en muchos años.

–Escucha, escucha... –dijo una voz femenina que a Rion le pareció la de Eurycleia, y que daba la impresión de estar llamando a alguien de entre la multitud.

–Durante sus campañas –prosiguió el alcalde–, ambos candidatos han trabajado incansablemente con sus equipos para escuchar las opiniones y problemas de los ciudadanos así como para explicar sus respectivos programas políticos, y me alegra poder decirles que cuando comparezca ante ustedes mañana con los resultados de las elecciones, estaré en condiciones de garantizarles que, sea cual haya sido el resultado, tendremos un dirigente que lo dará todo por Metameikos... Por ello, y sin más preámbulos, me gustaría brindar por los candidatos, y por sus espo...

Georgios miró hacia los asistentes y se dio cuenta entonces de que Libby no estaba allí. Rion se quedó petrificado, como si el corazón hubiera dejado de latirle. Pensó en las excusas que podría poner para justificar su ausencia: que se había indispuesto de repente, que se había producido un caso imprevisto en su familia... Pero no se atrevió a utilizar ninguna de ellas. No podía dejar de recordar la acusación de falsedad que Libby le había hecho antes. Querer que ella estuviera a su lado no había sido una mentira, pero decir alguna de esas excusas en voz alta, aunque fuera con buena intención, sí lo sería. Y si él ganaba las elecciones a base de engaños, ¿no le convertiría eso en un hombre tan reprobable como Spyros?

Pero, justo cuando estaba a punto de abrir la boca y decir la verdad, se dio cuenta de que todas las cabezas se giraban hacia la puerta y luego se apartaban para dejar paso a alguien.

Era Libby.

Parecía una verdadera ninfa, flotando, más que andando, entre la multitud, con aquel vaporoso vestido azul pálido. Rion creyó estar viendo una aparición, hasta que la oyó hablar.

–Discúlpeme, señor Tsamis, pero me he sentido por

un momento un poco abrumada por los acontecimientos de esta noche.

–Lo comprendo perfectamente –replicó Georgios sonriendo mientras ella se ponía al lado de su esposo–. No tiene necesidad de disculparse, señora Delikaris... Muy bien –prosiguió Georgios, dirigiéndose de nuevo de forma general a los asistentes–. Ahora que estamos todos presentes, es un placer para mí levantar mi copa...

–Supongo que estaría ocupada tratando de formarse una opinión sobre las ideas políticas de su esposo, ¿no es así? –interrumpió Spyros de repente, volviéndose hacia Libby de forma muy grosera–. Tengo entendido que la última vez que se le pidió que se pronunciase sobre este asunto respondió que necesitaba más tiempo para reflexionar. Estoy seguro de que no soy el único de los aquí presentes que le gustaría oírle expresar ahora su punto de vista.

Libby se asustó un poco al principio por aquella irrupción tan desconsiderada e hipócrita, pero recuperó la calma en seguida. Respiró hondo, dejando a un lado la tentación que sentía de revelar públicamente la conversación que había escuchado minutos antes en aquel corredor, se aclaró la voz y se dispuso a responder a la pregunta.

–Gracias, Spyros. Aunque no estoy segura de que éste sea el momento adecuado –dijo ella mirando a Georgios e inclinando respetuosamente la cabeza–, me complace que usted sienta esa preocupación tan grande por escuchar las opiniones de la gente.

Observó con el rabillo del ojo la presencia de Eurycleia unas filas más atrás. Al ama de llaves no se le había pasado por alto el tono irónico de su comentario y sonreía satisfecha.

–Tiene razón al decir que cuando llegué aquí hace poco menos de dos semanas no había tenido tiempo suficiente para hacerme una opinión sobre las ideas políticas de mi marido. Es más, entendía que nadie podía

conocer mejor las necesidades y problemas de Metameikos que sus propios ciudadanos. Y aún lo sigo creyendo. Pero ahora, al menos, estoy segura de una cosa.
Orion Delikaris no es el hombre que ustedes creen –Libby
hizo una pausa y creyó escuchar un suspiro de sobresalto a su lado–. Orion es uno más de ustedes, es un
hombre del pueblo. No ha volado desde Atenas con unas
medidas políticas sacadas de la manga para conseguir
sacar más votos que su rival. Ha venido aquí porque
esta ciudad es su hogar. Sus ideas políticas nacen del
deseo de construir un Metameikos mejor y más justo.
Una aspiración que todos... –se detuvo para mirar directamente a Spyros por un par de segundos–, que casi
todos ustedes comparten. Pero son mucho más que unas
simples medidas políticas. Son las promesas que él se
ha hecho a sí mismo.

No hubo vítores ni aplausos como podría haberse esperado. Se produjo por el contrario una especie de silencio reverencial, lleno de recogimiento, que parecía
reflejar una esperanza colectiva.

Georgios le dedicó a Libby una sonrisa cordial e inclinó la cabeza respetuosamente.

–Muchas gracias, señora Delikaris. Bien, ahora que
parecen despejadas todas las dudas –dijo el alcalde mirando a Spyros, que tenía una expresión de frustración–,
me gustaría por fin levantar mi copa para brindar por
los candidatos de estas elecciones, y por sus esposas.

–¡Por los candidatos y por sus esposas! –repitió la
gente a coro, alzando las copas.

–¡Y que gane el mejor!

Mientras Georgios bajaba de la tribuna en medio de
una lluvia de aplausos, Rion miró a Libby, estupefacto.
Sí, él sabía exactamente lo que había querido decir
cuando le había descrito como un hombre del pueblo,
pero había hecho también todo lo que había estado a su
alcance para apoyarle.

Era lo último que podía haber esperado, pero ahora

pensando en aquella conversación clandestina de Spyros de la que ella había sido testigo, y en sus palabras sobre la injusticia del mundo, consideró que todo tenía sentido. Tal vez ella no quisiera estar casada con un hombre como él, pero sentía compasión por los que no tenían ninguna esperanza en la vida.

–Gracias –le susurró él al oído mientras la multitud empezaba a dispersarse.

Libby inclinó la cabeza en señal de gratitud mientras se dirigían de nuevo al jardín, pero no se sintió contenta del todo hasta que Stephanos y los demás miembros del equipo se acercaron a felicitarla por el ingenio y la agudeza que había demostrado al responder a la pregunta tan insidiosa de Spyros. Y no porque quisiera sus halagos, ya que los de Rion significaban mucho más para ella, sino porque sabía que, si se quedaba a solas con Rion, correría el riesgo de decirle que estaba enamorada de él.

Lo que sería una gran estupidez, pensó ella, mientras la fiesta continuaba entre un maremágnum de presentaciones, charlas y copas de champán. Porque ella podía tener pruebas de que él lo había hecho todo con buen fin, pero de lo que no tenía evidencia era de que hubiera conservado los sentimientos que le habían llevado una vez a pedirle que se casase con él, ni de que fuera capaz de comprender por qué ella le había dejado y se había ido a vivir su propia vida. Pero si su acuerdo de hacía dos semanas seguía en pie, cosa de lo que no tenía por qué dudar pues él no le había dado pie para ello, entonces firmaría al día siguiente los papeles de divorcio y daría todo por zanjado.

Poco a poco la sala se fue vaciando de gente y Libby se encontró de nuevo a solas con él.

–Vamos –le susurró él con un gesto–. Hemos hecho todo lo que hemos podido.

Libby estaba contenta a pesar de que le molestaban los pies y empezaban a dolerle los músculos de las mejillas. Aunque había disfrutado hablando con las personas que le habían presentado durante la fiesta, la sensación de estar en el punto de mira de la gente y de tratar de ser amable con todos, le había dejado una especie de fatiga facial que no había experimentado desde aquellas fiestas en Ashworth Manor.

Sin embargo, su felicidad estaba acompañada de un cierto temor. Georgios les había reservado una habitación doble, así que, a menos que quisiese echar por la borda todo lo que había conseguido con su pequeño discurso, no le quedaba más remedio que alojarse allí. Con Rion. Y, aunque se había pasado la noche adiestrando el corazón contra él, sabía que caería en sus brazos en cuanto se acercase a ella.

–¡Ah, el señor y la señora Delikaris! –les dijo Georgios al cruzarse con ellos, mientras paseaban por el porche–. ¿Aún no se han ido a descansar? Ya va siendo tarde y mañana va a ser un día muy largo para todos, especialmente para ustedes –el alcalde bajó la voz, se colocó entre los dos con mucho misterio, y les pasó un brazo por el hombro–. Vengan. Y que esto quede entre nosotros... Les he reservado la mejor habitación de la casa.

¿Sería tan buena como para tener dos camas?, se preguntó Libby, sin perder la esperanza.

Georgios le entregó una llave a Rion y le acompañó por el pasillo principal que salía del vestíbulo, y luego por otro algo más estrecho a la derecha, en el que las paredes estaban cubiertas, desde el suelo hasta el techo, con hermosos cuadros neoclásicos.

Libby olvidó por un instante sus preocupaciones mirando asombrada aquellos cuadros.

–¿Está abierta al público esta parte de la residencia? –preguntó ella, cuestionándose si la impresión que había sacado de que no había nada en la parte nueva de la ciudad que valiese la pena visitar, no habría sido demasiado precipitada.

–Sí, por supuesto –respondió Georgios–. La residen-

cia municipal pertenece realmente a la gente de Metameikos. El alcalde sólo tiene facultad para hacer am-
pliaciones o reformas. Este ala donde estamos ahora fue
construida por Leander, un alcalde del siglo XVIII, y ésa
otra de ahí enfrente, a la que nos dirigimos, la mandó
edificar mi predecesor. En realidad, podríamos decir
que sólo somos los conservadores del edificio.

–Yo trabajo como guía de turismo –explicó ella–.
Llevo pequeñas excursiones para grupos reducidos. Me
encantaría poder incluir una visita a este edificio en el
itinerario que estoy elaborando en estos momentos.

Georgios pareció encantado, pero sorprendido al
mismo tiempo.

–¿Y le gusta su trabajo?

–Sí –dijo Libby sinceramente–. Me encanta.

El alcalde se volvió hacia Rion con los ojos abiertos
como platos y los brazos extendidos, como si acabase
de haber visto un fantasma.

–¡Igual que mi esposa! Me he pasado toda la vida
trabajando duramente para que ella no tuviera que hacerlo, y de pronto me dice que quiere conseguir un trabajo. No consigo entenderlo.

¿Qué había querido decir Georgios?, se dijo Libby
para sí.

¿Que siempre había hecho todo lo que había considerado mejor para mantener a su esposa y que no podía
comprender que ella quisiese tener un trabajo?

Aquellas palabras le trajeron recuerdos del pasado.
Después de casarse con Rion, había pensado que él quería abrirse camino en el mundo por sí mismo y comprar
una casa mejor sin contar con ella para nada. Cuando
trató de hacerle ver la situación, él se negó a admitirla.
Ella pensó entonces que él no quería aceptar la realidad,
pero de repente lo comprendió todo. No había sido una
cuestión de ambición, sino de honor. ¿Y qué había hecho ella? Marcharse.

Se sintió abatida por un sentimiento de culpabilidad.

Tal vez por eso, no se diera cuenta de que habían girado por la derecha y que Georgios acababa de pulsar un botón luminoso de forma cuadrada que había en la pared. Se le ocurrió entonces pensar cuál podía ser el origen de esa forma de pensar. No era sólo porque fuera griego, sino que había tenido que ver con impotencia cómo su madre había tenido que trabajar noche y día para sacar adelante a su hermano y a él.

Y de pronto vio claro por qué él nunca había comprendido que lo que ella necesitaba para sentirse libre era trabajar y vivir: porque la libertad de su madre habría sido tener un hogar y la seguridad de un marido. Sintió un vuelco en el corazón. Eso era justo lo que él le había dado.

Un sonido metálico vino a perturbar sus pensamientos.

—Ya estamos aquí. Es en la planta de arriba del todo. Su habitación está justo enfrente del ascensor.

¿Ascensor? Libby sintió que se le aceleraba el pulso.

—Mmm... La verdad es que preferiría ir por las escaleras, si no le importa —replicó ella bruscamente, con un gesto nervioso en la mirada, mirando temblorosa a su alrededor en busca de la escalera—. Hay que hacer un poco de ejercicio para bajar esos entremeses tan deliciosos que nos han puesto.

Rion la miró con curiosidad, sin comprender nada. Quizá sólo estaba preocupada por lo que podría pasar si se encontraba a solas con él en un espacio cerrado, se dijo para sí. Bueno.

Georgios negó con la cabeza y chasqueó la lengua con un gesto de desaprobación.

—Mi hijo se casó también con una chica inglesa que come menos que un pajarito. ¿No le ha dicho Rion que a los griegos no nos gustan las mujeres muy flacas?

El alcalde esbozó una sonrisa, mientras se abrían las puertas del ascensor y Rion le daba las gracias por su hospitalidad.

Ella sintió la necesidad imperiosa de apartarse de allí, de buscar la mirada de Rion y que él, automáticamente, sin necesidad de palabras, sugiriese, con alguna excusa, salir de aquel ascensor y subir por las escaleras. Pero ¿cómo podría darse cuenta de eso, cuando sabían tan pocas cosas el uno del otro? Y ¿qué pensaría Georgios de su matrimonio si de repente ella contase que...?

–Que pasen buena noche –les deseó el alcalde mientras se cerraban las puertas del ascensor.

Libby sintió de inmediato que el corazón comenzaba a latirle de manera anárquica y que su respiración se volvía agitada y entrecortada.

–¿Estás bien? –le preguntó él.

–No soy muy amiga de los ascensores –respondió ella con la voz ahogada, empujando las puertas con las manos, mientras apoyaba la cabeza en el hueco interior del codo y miraba con desesperación la pequeña rendija que había quedado entre las puertas esperando que se abriesen.

Rion comprendió al instante que sus palabras eran un eufemismo y le puso las manos sobre los hombros, procurando suavemente que se diese la vuelta, para tratar de calmarla.

–¿Eres claustrofóbica?

Ella asintió con la cabeza.

Gamoto! Rion pulsó, de inmediato, todos los botones del panel del ascensor para tratar de que se parase lo antes posible.

–¿Por qué no me lo dijiste antes? –le preguntó él, flexionando ligeramente las rodillas para tener la mirada al mismo nivel que la suya.

De pronto lo comprendió sin que ella se lo dijera. Lo había hecho para que Georgios no pensara que algo iba mal entre ellos. Tuvo un sentimiento de culpabilidad.

Ambos se dieron cuenta en seguida de que aquel ascensor era de ésos que obedecían a los botones de los pisos en el orden en que se habían pulsado y que por lo tanto estaban condenados a ir hasta la planta de arriba del edificio.

La visión de aquellas cuatro paredes cerradas comenzó a inundar la mente de Libby. Sintió una especie de fiebre y de sudor frío, y luego una flojera tal en los músculos del cuello que se le quedó colgando la cabeza hasta dar con la barbilla en el pecho.

—No —dijo él, suavemente pero con firmeza—. Necesito que la mantengas erguida para poder mirarme —le puso las manos en las mejillas y le ayudó a subir la cabeza hasta que sus miradas volvieron a quedar al mismo nivel—. No estamos aquí, Libby, estamos en otro sitio.

Le miró a la cara en busca de algún recuerdo que pudiera utilizar para llevarse su mente lejos de allí. Algún espacio abierto y sin puertas, donde los dos hubieran estado juntos. Sintió una gran amargura al ver las pocas imágenes que recordaba de ellos dos en aquellos tres meses de su matrimonio. Pero no tenía tiempo para pararse a filosofar sobre lo que eso significaba.

—Estamos en Atenas —dijo él de pronto—. Estamos en Atenas y está nevando.

«Está bien, Delikaris, tus recuerdos son limitados, pero seguro que podrías haber pensado en algo mejor», le dijo una voz por dentro.

La tensión y la angustia de Libby, aquella vorágine que parecía precipitarla al abismo de un agujero negro parecieron neutralizarse como por encanto. ¿De qué hablaba él? ¿De Atenas? ¿De la nieve?

Rion tenía que seguir por ese camino para poder alejar de su miente esa pesadilla que la angustiaba. Quizá recordarle aquel día de su boda, por decepcionante y mísero que hubiera sido, no supondría ningún trauma para ella después de todo lo que se había visto obligada a decir esa noche.

—Vamos andando despacio hacia el ayuntamiento, por el National Gardens, porque los taxis no quieren circular con esta nieve.

—No han pasado todavía las máquinas quitanieves para limpiar las calles —susurró ella, como en un sueño—. Pero algunos vecinos han empezado a salir ya con palas de sus casas.

Los recuerdos parecían amontonarse en su mente, formando una presa que ponía freno a sus miedos.

—Y nos las arreglamos para hablar con una pareja de ancianos y convencerles de que hagan de testigos en nuestra boda.

—A cambio de prometerles una taza de chocolate caliente —recordó Libby, con una sonrisa sincera, no teñida de amargura como él habría esperado.

—Pensaron que estábamos locos —dijo él sonriendo también.

«Estábamos como en una nube», pensaron los dos. Pero ninguno de ellos lo dijo.

De repente se oyó de nuevo el timbre del ascensor y las puertas de abrieron.

Pero Libby ni siquiera se enteró, porque estaba mirándole con lágrimas en los ojos y no podía apartar de él la mirada.

Capítulo 11

YA HEMOS llegado –dijo Rion.

Sus palabras rompieron el hechizo. Libby parpadeó, tratando de ocultar las lágrimas, y bajó la mirada. Para su sorpresa, se dio cuenta de que estaban en el interior de un ascensor, a pesar de que las puertas estaban abiertas.

–¿Puedes andar?

Ella asintió con la cabeza, no muy segura se sí.

Rion le pasó el brazo por encima ayudándola a salir del ascensor, pero ella parecía como paralizada. ¿Qué demonios había pasado en aquel espacio tan restringido?, se preguntó.

–¿Estás bien? –susurró él, preocupado, confundiendo su mirada retrospectiva con una expresión de inquietud–. Te prometo que usaremos las escaleras de ahora en adelante.

Sí, ella tenía miedo, pero no creía que el tipo de miedo que sentía ahora pudiera erradicarse evitando los espacios cerrados.

Al llegar a la puerta de la habitación, él metió la mano en el bolsillo de la chaqueta para buscar la llave que Georgios le había dado.

–Espero al menos que la habitación sea espaciosa.

Cuando Rion abrió la puerta y entraron, Libby, aún con la vista algo borrosa, no tuvo ninguna dificultad en comprobar que, a pesar de lo grande que era, sólo tenía una cama. Una cama enorme con dosel y sábanas limpias y almidonadas, engalanada con cortinas de color berenjena. Estaba situada en el centro de la habitación y parecía mirarles como preguntándoles qué hacían allí como dos pasmarotes. O al menos eso fue lo que pareció a Libby.

—Deberías sentarte —dijo él.

Rion se dirigió a las ventanas situadas en la pared de enfrente, y abrió un par de ellas para que entrara la brisa fresca. Luego desapareció por una puerta de un extremo de la habitación.

Libby seguía de pie aturdida, sin moverse del sitio, cuando él volvió con un vaso de agua.

—Aquí —dijo Rion abriéndole la mano derecha para quitarle el bolso que sujetaba con fuerza y ponerle el vaso de agua, mientras le indicaba la cama—. Siéntate —le volvió a repetir ahora con más firmeza.

Libby obedeció mientras él tomaba una silla, se quitaba la chaqueta y se sentaba frente a ella.

—¿Cómo empezó todo?

—¿Quién sabe cómo empiezan este tipo de cosas? —dijo ella, bebiendo un poco de agua y tratando de aparentar indiferencia—. Cuando era niña.

—¿Cuando eras niña? —repitió él, haciendo un esfuerzo por no levantar la voz—. ¿Cómo es que no me enteré de eso? ¡Vivíamos en un cuarto piso!

—No solíamos entrar o salir juntos del apartamento con mucha frecuencia —dijo ella en voz baja—. Además, el ascensor estaba casi siempre estropeado.

A Rion le dolió aquel comentario, pero decidió pasarlo por alto.

—¿Recuerdas cómo fue la primera vez?

Libby tomó aliento, No quería hacer una montaña de aquello. Especialmente ahora que sabía que no era nada comparado con lo que él había pasado en su infancia.

—Mi padre solía castigarme encerrándome durante horas en el armario que había en el hueco de debajo de la escalera. Supongo que aquello tendría algo que ver con mi fobia posterior a los espacios cerrados.

Rion apretó los puños y trató de vencer el impulso

que sentía de golpear a algún objeto que tuviera por allí cerca, a falta del propio Thomas Ashworth. *Gamoto!* Desde que se enteró de que su padre le había retirado toda ayuda económica, incluso después de haberse ido a vivir sola, había llegado a la conclusión de que era algo más que un padre estricto, era un intolerante y un fanático.

—Deberías habérmelo dicho.

—Lo intenté... a mi manera —respondió ella suspirando.

—¿Cuándo trataste de decírmelo? —preguntó él, extrañado, pues sabía que no se le hubiera pasado por alto un detalle como ése.

Libby le miró con los ojos muy abiertos, y él sintió de repente un vacío en el estómago. Su expresión le recordaba la que tenía aquel día aciago que se marchó de casa. No, ella no le había mencionado nunca de forma explícita su miedo a los espacios cerrados, pero él debía haberlo comprendido al ver su angustia por tener que quedarse sola en aquel apartamento, sin salir, ni tener un trabajo en que ocuparse.

Rion cerró los ojos con fuerza. Siempre había pensado que la angustia de ella se debía a que no soportaba vivir en aquel cuchitril. De repente, le vino a la memoria lo que Georgios le había dicho acerca del deseo de su esposa de tener un trabajo. Recordó entonces que Libby siempre le había expresado su interés por trabajar y, ahora lo que pensaba, nunca se había quejado realmente del apartamento. ¿Habría sido todo una equivocación suya? ¿Habría aún más cosas que él hubiera hecho mal con ella?

«No», pareció decirle una voz desde el fondo de su mente, aconsejándole que no siguiera por ese camino que sólo le conduciría a una espiral de sufrimientos y remordimientos inútiles. Sí, quizá él no había sabido ver que la razón por la que ella había querido conseguir un trabajo era para no estar sola en el apartamento. Pero, aún había cosas que seguía sin comprender. ¿Por qué se había marchado? ¿Por qué se había presentado en Atenas para pedirle el divorcio? ¿Por qué él seguía teniendo la impresión de que no era un hombre lo suficientemente bueno para ella?

Abrió los ojos y se levantó de la silla.

—Te traeré un poco más de agua.

—No —dijo ella poniéndola la mano en el brazo—. Estoy bien, de verdad.

Rion apretó los dientes, el simple contacto de su mano le acaba de producir una gran excitación.

—En todo caso, debes descansar un poco.

Se dirigió al otro lado de la habitación. Ella le oyó encender la luz de la lámpara que había en la mesita de noche, mientras contemplaba absorta la silla donde él había estado sentado, recordando su última mirada. Era la misma que tenía esa tarde. Él la deseaba. Sí, realmente la deseaba. Ella lo sabía. Era algo que no tenía nada que ver ni con sus aspiraciones políticas ni con sus ambiciones de poder. Sintió renacer su corazón. Él la deseaba, pero estaba reprimiéndose porque pensaba que ella aún no se encontraba bien o que no le deseaba.

Respiró hondo. Los pensamientos que bullían en su mente se mezclaban con todas las cosas que había descubierto de él esa noche.

—Rion, yo no quiero... que luches contra esto. Yo no puedo. No, esta noche no.

Rion sintió crecer su excitación pero no se movió, siguió detrás de ella mirándole a la nuca. ¿Habría mermado sus facultades aquel ataque de ansiedad en el ascensor, dejándola sin defensas, o habría sido el recuerdo de su padre lo que había vuelto a despertar su instinto de rebeldía?

Era la demostración que había estado esperando, la ocasión de vencer su resistencia y recordarle que los dos sentían el mismo deseo. Pero se preguntaba si quizá lo único que quería realmente vencer esa noche era su amor propio.

–¿Y mañana, Libby? ¿Recobrarás tus defensas al despertar?

–No, no creo que pueda tampoco. Ni mañana ni al día siguiente –dijo ella en un hilo de voz.

Rion sintió una sensación de triunfo embriagadora. Se daba cuenta del alcance de su rendición. Lo que ella estaba diciendo era que nunca sería capaz de luchar.

Su plan de venganza se esfumó en un instante. De todos modos, tampoco le habría satisfecho. Lo único que podía satisfacerle era ella, volviendo a ser su esposa para siempre.

–Entonces, ¿seguirás conmigo después de mañana? –dijo él con la voz apagada.

Libby le miró y sintió como si el corazón se le ensanchara dentro del pecho.

Rion le estaba pidiendo que se quedara con él, aun después de las elecciones. Eso no podía significar otra cosa sino que la deseaba.

Sólo unas horas antes, había estado segura de que la única salida sensata a aquella situación era marcharse, porque él nunca llegaría a amarla... Ahora, aunque no tenía aún garantías, y sabía los obstáculos a los que tendría que enfrentarse, él le había dado motivos sobrados de esperanza para confiar en que todo era posible.

Se puso de pie y se dirigió hacia él, con el corazón lleno de emoción.

–Sí, Rion, me quedaré.

Rion la miró asombrado. Lo había conseguido. Le había hecho comprender que el deseo que sentían el uno por el otro era más importante que cualquier otra cosa.

No lo dudó. Inclinó la cabeza y la besó.

Libby, entregada, le rodeó con los brazos, hundiéndole los dedos en el pelo y quitándole la corbata. La tiró al suelo mientras Rion le acariciaba los brazos dulcemente y le soltaba los tirantes del vestido dejándolo caer hasta la cintura.

Dejó escapar un gemido de placer al descubrir que

no llevaba sujetador. Se quedó unos segundos extasiado contemplando sus pezones erectos bajo su mirada.

Ella suspiró cuando él inclinó la cabeza y comenzó a lamerle los pezones con la lengua, mientras la acariciaba con las manos. Pero el ardiente deseo que sentía entre los muslos le hacía pedir más. Le pasó la mano por debajo de la cintura de los pantalones hasta sentir su erección. Acarició su miembro suavemente con los dedos, mientras le sugería con los ojos irse a la cama.

—Espera un segundo —dijo él, sujetándole la mano.

Rion se fue corriendo a un rincón de la habitación, donde habían dejado las bolsas al entrar, desabrochó la cremallera de uno de los bolsos y sacó un preservativo.

Al ver lo que estaba haciendo, ella pensó que, esa vez, tenía que frenarle. Sí, se vería obligada a darle algunas explicaciones embarazosas, pero entendía que, si quería que su matrimonio funcionase, tenía que ser sincera con él.

—No, no es necesario —dijo ella, negando a la vez con la cabeza, mientras se mordía el labio inferior, rogando que sus palabras no rompiesen el encanto del momento.

Rion se quedó quieto unos segundos mirando la pequeña caja con envoltura de aluminio que tenía entre los dedos, y luego la miró a la cara, atónito.

«No», se repitió él, como si no comprendiera el significado de aquellas dos simples letras. De pronto, creyó entenderlo. Ella había decidido volver con él y ser su esposa para siempre, ¿qué necesidad había de tomar tantas precauciones?

Pero la alegría de haber encontrado una respuesta satisfactoria se vio en seguida frustrada al ver la expresión de resignación dibujada en su rostro. Era claro que seguía pensando igual que al principio de su matrimonio: no le consideraba digno de ser el padre de sus hijos. La única diferencia es que ahora comprendía que ella nunca iba a desear a otro hombre como le deseaba a él, y que, a menos que estuviera dispuesta a vivir una vida sin sexo, iba a tener que tratar de olvidar que estaba con un hombre sin cultura que procedía de los barrios bajos de una triste ciudad.

Su instinto le pedía desnudarla inmediatamente y penetrarla con pasión, derramando dentro de ella su esencia de hombre, para demostrarle lo irrelevante que eran esas consideraciones para la madre naturaleza. Pero la idea de hacerlo de esa manera podría recordarle los modales propios de su baja extracción y se sentiría obligada, por no decir resignada, a hacer esa concesión, como si fuera un sacrificio. Le pareció repugnante.

Dejó caer al suelo la caja de preservativos y, prometiéndose mantener a raya sus instintos naturales, se acercó lentamente a la cama dispuesto a hacerla gozar. A ella.

–Túmbate.

Libby sintió una gran excitación al oír esa palabra pronunciada con gran vehemencia, se quitó el vestido y se tendió en la cama, obediente. Estaba sorprendida de que él no le hubiera hecho ninguna pregunta, ni ninguna acusación velada de infidelidad. Se alegró de ello. Lo tomó como una prueba de que trataba de comprenderla, poniéndose en su lugar, y de que consideraba aquellos años que había estado separada de él como algo irrelevante del pasado.

Rion se acostó a su lado. Libby vio complacida cómo recorría su cuerpo de arriba abajo con la mirada. Sus pechos, sus bragas diminutas, sus muslos, sus piernas... Pero mientras le miraba fijamente a los ojos le sorprendió ver que su expresión no reflejaba el deseo ardiente que había esperado de él. En vez de eso, parecía distante e indiferente.

«Igual que cuando tu matrimonio estaba ya en las últimas», le dijo una voz desde el fondo de su corazón, en tono de burla.

Pero mientras su boca se unía con la suya una vez más, pensó que todo eran imaginaciones suyas. Le acaba de pedir que se quedara con él, ¿qué más pruebas necesitaba? Decidida a encontrarlas, se dio la vuelta, le puso las manos sobre el pecho y comenzó a llenarle de besos todo el cuerpo, bajando por el estómago, el ombligo, el vientre... Pero justo cuando estaba a punto de agarrar su miembro con la mano, él le agarró por la muñeca haciendo un gesto negativo con la cabeza.

Sintió una intensa llamarada de rechazo y decepción ardiendo dentro del pecho, pero la desechó en seguida cuando Rion comenzó a recorrer inmediatamente con la lengua un desenfrenado y sensual viaje por su cuerpo hasta llegar a su destino: el punto más íntimo y sensible de su feminidad. Lo saboreó con fruición, empleándose a fondo, haciéndole sentir el calor de su boca y la humedad de su lengua. Ella echó la cabeza hacia atrás, por detrás de la almohada, rendida y entregada a un placer tan intenso que no estaba segura de si quería gritar para que se detuviera o para que siguiese así eternamente.

Pero no le dio tiempo a despejar su duda, porque en unos segundos sintió algo muy especial que hacía años no sentía, se agarró con fuerza al pelo de él con una mano y a la sábana de la cama con la otra, y se sumergió en un laberinto de placer y liberación.

Libby, ansiando hacerle gozar como ella, le agarró la espalda con los brazos, incitándole a ponerse encima de ella. El cuerpo de Rion reaccionó instantáneamente, pero en lugar de seguir su sugerencia, la agarró de la cintura con las manos y la puso a ella encima de él.

Libby no protestó, convencida de que aquella postura sería igual de efectiva. Se puso entonces a horcajadas sobre él y se dejó caer suavemente dejando que su miembro penetrara dentro de ella. Se inclinó luego ligeramente hacia delante para apoyarse mejor sobre las piernas y poder moverse con más comodidad hacia arriba y hacia abajo.

Rion lanzó un gemido angustioso y ella sonrió complacida, sintiendo la plenitud de su poderosa erección dentro de sí. Él cerró los ojos e inclinó la cabeza a un lado durante unos instantes, pero luego los abrió de nuevo, le puso las manos en los costados y le acarició los pezones con las yemas de los pulgares. Ella sintió un placer tan intenso que no tuvo fuerzas para bajar la cabeza y besarle en el lóbulo de la oreja, ni para excitarle más, tal como había planeado. Antes de que pudiera darse cuenta, se vio inmersa en otra oleada incontenible de placer.

Nada más culminar aquel segundo clímax, sintió un último empuje hacia arriba de Rion y escuchó un desgarrado gemido de sus labios. Pero justo cuando empezaba a sentirse complacida de que él gozara tanto con ella, Rion pareció terminar prematuramente.

Libby se quedó tendida a su lado, sintiendo que aquella llamarada previa de rechazo y decepción había anidado definitivamente en su corazón. Hasta ese momento, había pensado que el sexo entre ellos era lo único que había funcionado realmente bien en su matrimonio. Trató de convencerse de que aún seguía funcionado, que él había llegado al orgasmo, después de todo, pero sabía que su entrega no había sido ni mucho menos tan apasionada como la de aquella noche en el recibidor, tras volver del teatro.

Se incorporó ligeramente apoyando un codo en la almohada y le miró a la cara, tratando de reunir el valor suficiente para preguntarle cuál era el problema, y ser luego capaz también de encajar su respuesta. Pero él estaba con los ojos cerrados. Podía oír su respiración haciéndose paulatinamente más lenta y reposada, como si estuviera a punto de quedarse dormido.

No era de extrañar. Estaría exhausto después de dos semanas agotadoras de campaña, además de preocupado por las elecciones del día siguiente.

Después de eso, todo sería diferente.

Capítulo 12

LIBBY nunca había visto a un hombre con un aspecto más tranquilo y sereno. Además de atractivo, por supuesto. A todos los demás, allí presentes en la sala principal, se les veía inquietos: Stephanos parecía estar a punto de gastar la tarima del suelo de tanto dar vueltas arriba y abajo; Georgios debía de haber ido más una docena de veces a la sala donde se estaba realizando el escrutinio de los votos, para ver si todo marchaba correctamente y sin problemas; y Spyros, a pesar de la confianza en su victoria que había manifestado la noche anterior en aquel pasillo, parecía haber desarrollado una afición repentina a dar apretones de manos a todo el que se cruzaba con él. Ella misma no dejaba de tocarse una y otra vez el pendiente de la oreja, mirando muy atenta a todos lados, en aquella sala enorme del ayuntamiento, repleta de gente.

Era Rion el hombre que permanecía quieto e inmutable, con la barbilla apoyada sobre las manos. Esperaba paciente, con la misma calma y serenidad que había tenido desde que se había despertado esa mañana y había ido a depositar su voto en las urnas, hasta que había vuelto luego a aquella sala a reunirse con su equipo a la espera de los resultados. No era, sin embargo, su silencio y su quietud un signo de indiferencia o pasividad, ella podía ver todos sus músculos en tensión, expectante a cualquier novedad que se produjera. Pero demostraba tener un grado de autocontrol envidiable. Una semana antes, no se hubiera sorprendido de ello. Después de todo, nadie dirigía una empresa de varios miles de millones de euros sin mantener la cabeza fría en los momentos clave, pero, ahora que sabía lo mucho que aquellas elecciones significaban para él, le parecía algo increíble.

Casi tan increíble como el hecho de que ella siguiese con él al día siguiente, se dijo, mirando su elegante figura con aquel traje impecable que llevaba, y deseando probarse a sí misma que conseguirían volver a hacer el amor con la misma pasión que antes, una vez que la tensión de las elecciones hubiera terminado.

Eran casi las diez de la noche, cuando se oyó de pronto una voz desde la tribuna, que la sacó de sus pensamientos.

—Damas y caballeros —dijo Georgios en voz alta, mientras el murmullo de la sala se iba apagando poco a poco, hasta quedar en absoluto silencio—. Buenas noches, y gracias por su paciencia —añadió girando la cabeza para ver la hora que marcaba el reloj que había en la pared de la derecha—. El índice de participación este año ha sido muy superior al de elecciones anteriores, pero puedo confirmarles que, a esta hora, todos los votos han sido recogidos, verificados y escrutados —alzó un sobre sellado, que tenía en la mano, para que quedara a la vista de todos—. ¡Ciudadanos de Metameikos! ¡Aquí están los resultados!

Libby sintió como si todos los presentes en la sala hubieran dejado de respirar, e incluso de parpadear, al mismo tiempo. Todos tenían la atención puesta en el sonido del sobre que el alcalde iba rasgando poco a poco. Segundos después, las miradas se centraron en la hoja de papel que Georgios había sacado del sobre y que contenía la respuesta al futuro de todos.

—Con el sesenta y cuatro por ciento de los votos... Ustedes, damas y caballeros, han elegido para que rija los destinos de Metameikos a... Orion Delikaris.

La sala estalló en una gran ovación. Stephanos dio un grito de alegría tan fuerte que sólo resultó superado por el chillido estridente de una mujer del fondo de la sala, que Libby reconoció de inmediato. Era Eurycleia.

Cuando, tras unos minutos, los aplausos estaban ya a punto de apagarse se escuchó un ruido muy fuerte, como de un golpe. Cuando Libby volvió la cabeza, se dio cuenta, para su sorpresa, que había sido un golpe de verdad. Spyros había dado un puñetazo a uno de los bellos murales del siglo XVIII.

Luego juró obscenamente, murmuró algo que ella no pudo entender acerca de un motín o una confabulación de la clase baja, y luego se abrió paso entre las sonrisas y ceños fruncidos de la multitud. Su esposa le seguía a regañadientes, un par de metros por detrás, con cara de pocos amigos.

Pero Libby apenas se fijó ya en él, porque tenía la mirada puesta en Rion. No le cabía ya ninguna duda sobre la nobleza de los motivos que le habían llevado a presentarse a esas elecciones. No mostró en ningún momento una señal de prepotencia sobre Spyros, a pesar de que tenía todo el derecho a hacerlo, ni se vanaglorió de su victoria y del poder que acababa de conseguir.

No. Se mostraba sumamente humilde. Feliz por la victoria, sí, pero como si esa victoria trascendiera su éxito personal y perteneciera a todos los presentes en la sala. Y, mientras había visto como la tensión de sus músculos se había ido relajando una vez que Georgios había leído su nombre, veía ahora también a un hombre que podría haberse puesto de inmediato la corona en la cabeza, pero que en cambio parecía dispuesto a demorar ese momento hasta demostrarse a sí mismo si era merecedor de llevarla.

Muchos políticos deberían tomar nota, se dijo ella sintiéndose aún más orgullosa de estar junto a él en ese momento.

—Enhorabuena, Rion —le dijo ella, tendiéndole la mano—. El pueblo de Metameikos tomó la decisión correcta.

Por un instante, Rion sintió una honda satisfacción, quizá mayor que la que había sentido cuando Georgios había pronunciado su nombre. Pero luego le vino un pensamiento muy distinto. Lo que ella parecía insinuar con esas palabras era que el otro candidato había sido un cerdo corrupto y que, a falta de otra persona de más valía, la gente había decidido votar, como mal menor, a uno de los suyos.

Se quedó quieto, con los brazos caídos, sin estrechar la mano de ella.

–Y ahora me gustaría invitar a la tribuna al nuevo líder de Metameikos –dijo Georgios haciendo un gesto a Rion para que subiera, en cuanto se hizo el silencio en la sala–. Un hombre que... –miró, antes de seguir, al espacio vacío que Spyros había dejado al marcharse–. Un hombre que, se mire por donde se mire, es el mejor para este cargo.

Cuando Rion, tras despreciar la mano de Libby, se dirigió hacia la tribuna sin mirarla siquiera, ella volvió a sentir el mismo desasosiego que había experimentado la noche anterior. Y mientras le veía subiendo los dos escalones del estrado para tomar el micrófono, se hizo una severa reflexión. Él iba a dar probablemente el discurso más importante de su vida, y todo lo que le preocupaba a ella era que no le hubiera dado la mano, ni le hubiera dedicado una sonrisa. ¡Por Dios santo! Debería avergonzarse de sí misma. Si tenían intención de reconstruir su matrimonio a partir de los restos y desechos que habían dejado atrás, ella era la primera que tenía que empezar a practicar con el ejemplo: debía dar un paso al frente y demostrarle su apoyo.

Al prestar atención a lo que Rion estaba diciendo en su discurso ese momento, encontró en sus palabras una asombrosa similitud con sus pensamientos. Hablaba humildemente del arduo trabajo que tenía por delante. No había que echar la vista atrás para ver lo que había sucedido en el pasado, todos tenían que estar dispuestos a compartir la idea de que el cambio era posible, si querían aspirar a un futuro mejor y más justo.

Durante las semanas siguientes, Libby llegó a la conclusión de que Rion había hablado en su discurso de algo más que de política. Porque después de esa noche las cosas dentro de su matrimonio, habían comenzado también a cambiar. Ella empezó a comprender su dedicación al trabajo y por qué tanto su empresa como su carrera política significaban tanto para él. Pudo ver también con satisfacción que él comenzó a invitarla a acompañarle a sus actos políticos, como la colocación de la primera piedra del nuevo hospital o algunas de las reuniones de trabajo con su equipo. Le llegó a pedir incluso, en una de ellas, que valorara el nuevo conjunto de medidas adoptadas para restringir los permisos de obras para la construcción de chalés de lujo, evitando así su impacto negativo en el sector turístico.

Y, a pesar de que ella había esperado que él se tomara su tiempo para que comprendiera plenamente lo mucho que significaba para ella tener su propia vida, él organizó, a propósito, un viaje a la sede central de Delikaris Experiences el mismo día que ella tenía que ir a Atenas para ultimar con Kate los detalles del tour que tenía a finales de mes. Él ni siquiera pestañeó cuando le marcó en el calendario las fechas en que ella iba a estar fuera.

Y lo que era más, hacían el amor... con bastante frecuencia.

Sin embargo, a pesar de que él parecía haber comprendido finalmente la importancia que ella le daba a tener su propia vida, seguía sintiendo aquella desazón que ella había tratado de achacar a su antigua falta de seguridad en sí misma, que iría superando gradualmente, hasta sacarla de su alma, igual que se saca una espina que uno tiene clavada en la carne. Sólo que aquella espina parecía estar clavada demasiado profunda en su corazón y no la dejaba dormir.

Tanto era así que una mañana, antes de salir el sol, Libby se levantó de la cama, se fue al jardín de la casa y se sentó en el columpio que había frente a la higuera. Habían pasado ya cuatro semanas desde las elecciones. Era sábado. Durante la semana, podía engañarse a sí misma, diciéndose que se levantaba tan pronto para poder mandar sus informes a Kate por correo electrónico antes de que ella abriera la agencia de viajes, pero ese día no podía poner esa excusa.

La verdad era que a pesar de que habían conseguido conciliar sus horarios de trabajo, ella seguía sin sentirse feliz. Porque, aunque hacían el amor con frecuencia, él no había vuelto a poner la pasión de aquella noche.

Tal vez no fuera una razón suficiente para estar descontenta, máxime cuando él no se había quejado nunca, pero Libby tenía la sensación de que, bajo aquello, se ocultaba algo mucho más profundo. Si ese día en el recibidor, cuando habían hecho el amor de forma tan apasionada, no había sido su conducta desafiante lo que le había excitado, sino el deseo de resultar vencedor en su particular juego de seducción, entonces ya no habría, de ahora en adelante, nada que pudiera despertar su deseo, dado que ella ya se había rendido aceptando seguir con él. Las cosas volverían a ser como después de la boda.

Libby sintió un nudo en la garganta. Sí, ella había depositado sus esperanzas en que después de que él le hubiera abierto el corazón aquella noche en el jardín de la residencia municipal, se hubiese convencido de que el amor podría volver a surgir entre ellos si compartían sus sentimientos. Pero, desde entonces, no habían vuelto a hablar en serio ni una sola vez sobre su relación. A decir verdad, él se mostraba ahora más reservado que nunca.

O, al menos, era así como ella lo veía. Pero ¿se había molestado ella por saber cómo lo veía él? No. Libby se mordió el labio inferior, disgustada por no haber aprendido en todo ese tiempo a sacar una conclusión sin consultar con él.

Bueno, eso no era del todo cierto. Ella había llegado a la conclusión de que tenía que hablar con él. Sólo que sentía miedo. Porque, ¿y si le decía que todo había terminado? No podría soportarlo. No, ahora no.

Cuando Libby entró en casa por la puerta de atrás, que daba al jardín, vio a Rion en la cocina. Sintió un pinchazo en la boca del estómago. Llevaba puestos solamente unos pantalones cortos deportivos muy ligeros.

–¿Otra vez levantada tan temprano? –preguntó él, mirándola detenidamente para tratar de encontrar en ella algún signo de náuseas, al verla tan pálida–. Siéntate –dijo, sacando un taburete de debajo de la mesa del desayuno–. ¿Café?

–Mmm... Sí, gracias.

No le apetecía tomar café lo más mínimo, pero pensó que le vendría bien tener ocupadas las manos con algo. Cuando él se volvió para sacar otra taza de café de uno de los armarios que había en la pared de enfrente, ella se sintió aliviada de poder tener la oportunidad de decirle lo que tenía pensado sin sentir sus ojos clavados en ella.

–Rion, tengo algo que decirte.

Rion se quedó clavado de espaldas, mirando el armarito que acababa de abrir. Al fin, había pasado lo que sospechaba. Se lo venía imaginando desde hacía unos días. Sintió el corazón saltando de alegría, pero trató de refrenarse, porque la mirada que le había visto, nada más entrar por la puerta, era la misma que ponía a menudo desde hacía aquella noche, y sabía muy bien que no era precisamente de felicidad.

–Puedo adivinarlo –dijo él bastante serio, volviéndose hacia ella.

–¿De veras? –exclamó ella con el corazón latiéndole a toda prisa.

–No hace falta ser un lince para saberlo, Libby –dijo él terminando de servir la taza de café y dejándosela en la mesa junto a ella.

Así que no habían sido imaginaciones suyas. Había de verdad una laguna en su matrimonio. Agarró la taza con las dos manos y bebió un poco.

–Entonces necesito que me digas cómo te sientes.

«Dime que hay una oportunidad de llenar ese hueco en nuestras vidas», quiso decir realmente, pero no se atrevió.

–No creo que el problema sean mis sentimientos.

–Por supuesto que sí –dijo ella con el ceño fruncido.

Rion negó con la cabeza. No, él sabía cuál era.

–Yo quería tener un hijo hace cinco años, Libby. Y aún lo quiero tener.

–¿Qué? –exclamó ella, casi atragantándosele el café.

Rion comprendió de repente que quizá había sido todo una confusión y habían estado hablando cada uno de un asunto diferente creyendo que hablaban de lo mismo.

–Lo que querías decirme es que estás embarazada, ¿no es eso?

–¿Que estoy...? –ella le miró, horrorizada, tratando de comprender el alcance de sus palabras–. No, no estoy... ¿Por qué piensas eso?

Su corazón dejó de dar saltos de alegría y su voz se tiñó de un tono irónico, casi cómico.

–Es algo que suele pasar a menudo cuando dos personas mantienen relaciones sexuales con cierta frecuencia y no utilizan ningún tipo de protección. Incluso, aunque sean tan diferentes como tú y como yo.

Ella sintió que los objetos de la habitación comenzaban a desdibujarse ante sus ojos.

–Pero no es nuestro caso. Nosotros hemos estado usando protección. Ya te dije que yo...

Ella recordó entonces esa noche en la residencia municipal, cuando le dijo que no era necesario que se pusiese el preservativo, pero no le llegó a explicar realmente por qué. Seguramente, él habría creído otra cosa... Pero ¿cómo podía el haber pensado una cosa así, cuando su relación era aún tan frágil?

–¿Que tú qué? –exclamó él con impaciencia.

Sí, de repente ella lo comprendió todo. Él había pensado aquella noche que estaba dispuesta a quedarse embarazada y tener un hijo. La cabeza comenzó a darle vueltas. Rion se había pasado el último mes haciendo el amor con ella sólo como un ejercicio de procreación, porque lo único que había estado tratando de conseguir era que se quedase embarazada. Y, por mucho que ella desease creer que la razón que le movía a eso era porque la amaba, la expresión de su rostro le decía categóricamente que no. ¿Cuándo le había prometido una cosa así? Nunca. Él la había invitado a desempeñar el papel de su esposa, y luego le había pedido que se quedara con él. Eso no había sido más que una extensión, una cláusula adicional de su acuerdo en Atenas. Sí, quizá ella le había convencido de que una mujer independiente era mejor que una esposa insulsa y anodina. Sí, todos sus motivos eran nobles y bien intencionados, pero al fin y al cabo, lo que más le importaba era su electorado y demostrarles que él era la representación más genuina del auténtico hombre de familia.

–Estoy tomando la píldora –dijo ella–. Pensé que lo comprenderías cuando te dije que...

–Claro –respondió él, sintiéndose humillado–. ¡Qué tonto he sido! Debería haber comprendido que tú harías cualquier cosa a tu alcance para evitar tener un hijo mío.

–Llevo tomando la píldora desde hace cinco años –dijo ella negando con la cabeza–. Por comodidad, no como anticonceptivo.

–Así que siempre has sabido que no disfrutarías nunca con otro hombre tanto como conmigo, ¿verdad? –exclamó él, dando un golpe con la cafetera sobre la mesa–. ¿No te dice eso que a la madre naturaleza le importa un bledo las diferencias de clase?

–¿Las diferencias de clases? –exclamó ella sorprendida, con el ceño fruncido.

–¡Por el amor de Dios, Libby! –replicó él–. Ya es hora de que dejes de fingir. Tal vez te avergüence la idea de tener los mismos perjuicios que tu padre, pero sé que fue por eso por lo que me abandonaste y por lo que te disgusta tanto la idea de tener un hijo mío.

Libby le miró fijamente a los ojos, con la esperanza de haberle entendido mal. Pero por primera vez en las últimas semanas su expresión era transparente y sincera. El tipo de expresión que ella había deseado ver, pero que ahora daría cualquier cosa porque desapareciera de su rostro.

Su mente se remontó al pasado. Recordó la obsesión que él tenía por mejorar su situación en Atenas, y cómo se había resistido siempre a hablar de su pasado con ella. ¿Habría actuado de ese modo porque pensaba realmente que ella no le creía lo bastante bueno para ella?

Se sintió mal. Le horrorizaba pensar que él se había pasado todos esos años creyendo que ella era así, y que a ella nunca se le hubiera ocurrido imaginarse que eso era lo que él pensaba de ella. Y sin duda, esos complejos y obsesiones se habrían agudizado después de abandonarle.

–Nunca he pensado así, Rion. Ni el día que nos conocimos, ni el día que nos casamos, ni nunca.

Él no pareció muy convencido. Era natural, se había pasado casi toda la vida oyendo a la gente decirle que no valía nada. La familia Spyros, su padre...

–Si pensase igual que mi padre, habría vuelto contigo hace años –añadió ella al ver su mutismo–. Cuando mi padre se enteró del auge de Delikaris Experiences, me localizó y me llamó. Me dijo que quería reconciliarse con nosotros. Cuando le dije que estábamos separados, me prometió que, si volvía contigo, nos recibiría con los brazos abiertos y te nombraría su sucesor en Ashworth Motors. Cuando me negué, me juró que nunca más volvería a hablarme en la vida.

Rion la miró con cara de incredulidad. ¿Thomas Ashworth había querido que siguiese casada con él? ¿Había llegado a considerarle un yerno digno de su familia, a pesar de su condición humilde, sólo porque había conseguido triunfar en la vida? No hacía mucho, eso le hubiera colmado de satisfacción, pero ahora lo veía como un insulto.

Porque, a pesar de todo el tiempo que había estado tratando de convencerse de lo contrario, la única persona que quería que se sintiese orgullosa de él era Libby. Se quedó mirándola fijamente, con un nudo en la garganta. ¿Sería posible que hubiera estado tanto tiempo equivocado con ella?

–¿Me estás diciendo que... no tienes ninguna objeción a que tengamos un hijo?

Libby le miró emocionada, con las lágrimas a punto de brotar de sus ojos. Nada le habría hecho más feliz que él le hubiera dicho que la amaba y que deseaba que fuera la madre de sus hijos. Pero no se lo había dicho. Porque no la amaba.

–No podría traer un niño al mundo a menos que pudiera garantizarle un padre y una madre que quisieran vivir juntos y formar un matrimonio estable y unido.

Libby vio que Rion cerraba los ojos. Cuando los abrió de nuevo, su expresión era diferente, como si algo hubiera cambiado dentro de él. Era como si finalmente se hubiera enfrentado al hecho de que aquello que había habido una vez entre ellos se hubiera marchitado para siempre.

–Y ése nunca va a ser nuestro caso, ¿verdad?

–No –susurró ella con la voz entrecortada.

Por eso tenía que volver a dejarle.

Capítulo 13

EL SONIDO sordo de una maleta arrastrando por debajo de la cama, seguido por el de las puertas de los armarios abriéndose y cerrándose, le pareció a Rion el más deprimente que uno podía oír en este mundo. Se puso a dar vueltas arriba y abajo por la sala de estar, incapaz de quedarse quieto y fuera de control por primera vez en su vida. Quería subir y besarla hasta que accediese a quedarse con él. Pero comprendía que eso sería tan cruel como encerrar a un pájaro en una jaula.

Contempló la mesa donde ella había estado trabajando el día anterior. Estaba llena de folletos de viajes y de papeles con notas garabateadas. ¿Cómo no se había dado cuenta antes que ella necesitaba la libertad más que el aire para respirar? Pero había estado tan cegado por su complejo de inferioridad que no se le había ocurrido pensar que cuando ella le había dicho que lo más sensato era divorciarse era porque ella no quería estar casada, punto.

Ahora comprendía que mientras ella siguiera siendo su esposa, por mucho que él la apoyase en su trabajo y le diese todas las alas del mundo para que se sintiese libre, ella siempre se sentiría atrapada. Porque su matrimonio, en sí mismo, era una prisión. O al menos el matrimonio con él. Había hecho demasiadas cosas mal con ella.

Se juró que nunca volvería a cometer más errores, por muchas ganas que tuviera de subir corriendo los escalones de dos en dos y estrecharla de nuevo en sus brazos.

«Si de verdad amas a alguien, debes dejarle libre», decía una moraleja. Se pasó la mano por el pelo. La idea de dejarla le aterrorizaba. Pero, por mucho que le tentase desafiar la sabiduría de aquella sentencia, sabía, en su fuero interno, que debería haberla seguido hace ya mucho tiempo.

Se dirigió a su estudio de mala gana y sacó una serie de papeles que había en el fondo del cajón del escritorio y que había colocado allí después de que ella los hubiera tirado por la escalera. Eran los mismos que ella había sacado de su bolsa aquel día que se presentó sin cita previa en su despacho de Atenas. Él había estado tan decidido a no firmarlos que no se había molestado siquiera en leerse los detalles de las cláusulas. Tampoco iba a hacerlo ahora. Pidiese lo que le pidiese, se lo daría con mucho gusto, con tal de no tener que ver nunca más esa expresión de desolación en su mirada. Pero sabía que no le iba a pedir nada. Lo único que ella quería era salir por la puerta con los papeles del divorcio firmados en la mano para verse libre de aquel tormento.

Y, después de eso, nunca más volvería a verla, pensó con amargura, mirando las fotos de los últimos avances del hospital en construcción y de los planos de las nuevas viviendas protegidas. Imágenes, que en otras circunstancias, le habrían llenado de orgullo pero que ahora le dejaban frío. Porque, sí, él había cumplido todas las promesas que se había hecho el día que Jason murió: triunfar en la vida, volver a Metameikos y luchar por conseguir la posición que le permitiese garantizar que nunca más volverían a ocurrir cosas como las que le habían pasado a su hermano. Sólo que ahora comprendía que todo eso que había logrado había sido a expensas de su propia felicidad y que la vida era algo que sólo valía la pena vivir con amor. Y con alguien con quien compartirlo.

Pero sabía que se había dado cuenta demasiado tarde. Aunque Libby hubiera pensado una vez en compartir su vida con él, nunca podría hacerla ahora feliz. Sólo había una cosa que podía hacer.

Volvió a mirar los papeles que tenía delante y abrió la vitrina que tenía junto al escritorio. Se sirvió un vaso de whisky, se lo bebió de un solo trago y tomó la pluma.

Mientras Libby, arrodillada en el suelo, apretaba la ropa para meterla en la maleta, podía sentir el sabor salado de sus lágrimas en los labios. No eran lágrimas histéricas de un dolor repentino, sino de resignación, de lamento callado por una muerte inevitable y anunciada durante años, pero que no por eso era ahora menos dolorosa.

—Convendría que no te fueras sin esto.

Ella no le había oído subir las escaleras, ni entrar en la habitación. Tenía la mente tan confusa que hubiera sido un milagro que le respondieran los sentidos. Él estaba a unos metros detrás de ella. Se secó rápidamente las lágrimas de las mejillas. Pero antes de que pudiera recapacitar sobre lo que podían significar aquellas palabras, él le dejó un documento sobre la cama.

Era su petición de divorcio. Firmado.

Sus ojos se posaron en el logotipo oficial del documento y luego en la firma *O. Delikaris* garabateada, sin ninguna muestra de vacilación, a pie de página. Era lo único que ella había venido a buscar originalmente, lo único que había imaginado podría darle un poco de paz, poniendo fin a aquella angustia que la consumía. Nunca había estado más equivocada en su vida. Ahora se sentía como si la hubieran desgarrado por dentro.

—Tenías razón, desde el principio —dijo Rion muy sereno, tratando de romper el silencio y vencer la tentación que sentía de besarla por detrás del cuello—. Es lo único sensato que se puede hacer.

—Gracias —dijo ella con un hilo de voz, como si quisiera tragar un trozo de pan sin masticar.

–Puedo llevarte a Atenas en mi jet, o acompañarte al aeropuerto si lo prefieres.

Ella negó con la cabeza y se armó de valor para darse la vuelta. Quería agradecerle su generosidad.

–Si pudieras llamar a un taxi... yo me ocuparé de lo demás.

«Por supuesto», pensó Rion con impotencia. Cualquier otra cosa sería invadir su independencia. Asintió con la cabeza y se dio la vuelta.

–Te avisaré cuando llegue.

El taxi llegó en diez minutos. Ella había estado mirando por la ventana desde arriba para verle llegar y estaba ya bajando las escaleras con la maleta en la mano cuándo él vino a avisarla.

–Déjame llevarte eso –dijo él, inclinándose para tomar la maleta.

–No, no hace falta, creo que...

–Por favor –le cortó él, a mitad de frase.

Libby aceptó resignada, sintiendo el leve roce de su mano al agarrar la maleta.

–Bueno, pues ya está todo –dijo él, dejando la maleta en el suelo de mármol al llegar al vestíbulo.

–Sí, supongo que sí.

El silencio era tan espeso que podía cortarse.

Rion pensó en darle dinero o en ofrecerle su apartamento de Atenas, pero se contuvo.

–Podrás presentar la demanda en cuanto llegues.

Libby sintió una punzada en el estómago. Parecía tan interesado en acabar con aquello cuanto antes... Asintió con la cabeza.

–El abogado te enviará una copia, junto con la sentencia del divorcio, una vez finalizado el proceso.

–Supongo que no se prolongará mucho, dado que va a ser de mutuo acuerdo.

–Debo irme. El taxi está esperando –dijo ella dando un paso adelante para tomar su maleta.

–Sí. Bueno, tal vez podamos encontrarnos por aquí,

si vuelves alguna vez con uno de tus grupos turísticos –respondió él.

–Tal vez –respondió ella indulgente, aunque había decidido ya, en su fuero interno, decirle a Kate que no le encargara los tours de Grecia de ninguna de las maneras.

Se llevaba consigo unos recuerdos que quería borrar de su mente, y si volvía a pisar suelo griego quizá pudieran volver a revivir.

–Bueno, mientras tanto, espero que te vayan bien tus tours por Atenas.

Ella quiso mirar atrás. Quería despedirse con una sonrisa cordial y decirle: «Gracias. Que tengas suerte tú también en Metameikos». Quería dar la impresión de que estaba alegre porque al final habían llegado a un entendimiento, si podía llamarse así su acuerdo de divorcio. Pero no podía, porque no lo estaba. Puso la mano en el picaporte y abrió la puerta.

–Adiós, *gineka* –dijo Rion mirándola fijamente–. Adiós, Libby.

–Adiós, Rion.

Si el sonido de Libby preparando sus cosas en la maleta le había parecido a Rion el más desagradable del mundo, el clic del pestillo de la puerta al abrirse y luego cerrarse tras ella, no se lo pareció menos a ella. Abandonarle, cinco años atrás, había sido muy duro, pero entonces estaba segura de que su matrimonio se habría roto definitivamente si se hubiera quedado. Por eso se había lanzado a descubrir por sí misma quién era ella y qué deseaba en la vida. Y ahora que había concluido todos sus descubrimientos, había llegado a la conclusión de que estaba completamente enamorada de él.

Sintió un nudo en la garganta. También había averiguado que él se había pasado todos esos años pensando que ella no le creía lo bastante bueno para ser su marido y el padre de sus hijos.

¿Qué creería él ahora?, se preguntó ella, sintiendo

una gran inquietud. ¿Habría acabado convenciéndose de que eso nunca había sido un problema para ella? Ella no le había explicado en realidad la verdadera razón por la que no se había sentido capaz de tener un hijo suyo, a pesar de lo mucho que lo deseaba. Y, aunque supiese que eso no iba a cambiar las cosas, la idea de dejarle toda la vida con esa duda le atormentaba.

Cerró los ojos, pensando si podría soportar el dolor de confesarlo todo.

—¿Está ya preparada, *kyria* Delikaris?

Libby abrió los ojos para ver al chófer mirándola desde el taxi con una mezcla de perplejidad y preocupación, y de repente comprendió que estar allí fuera, frente a la puerta de la casa de Rion, con las lágrimas rodando por sus mejillas era la cosa más insensata que podía hacer. Aunque ella había confesado públicamente en alguna ocasión que estaban en proceso de divorcio, a él no le convenía ahora que la gente comenzase a especular sobre su matrimonio.

—Sólo necesito hacer una última cosa —respondió ella.

Y sin pensárselo dos veces se volvió hacia la casa y tocó el timbre de la puerta.

Rion abrió al instante. Si ella no le conociera, habría pensado que se había quedado todo ese tiempo detrás de la puerta, esperando hasta el último momento para salir a por ella y no dejarla marchar.

—¿Se te ha olvidado algo? —le preguntó él con la mirada vacía.

—Sí —respondió ella, tras unos instantes de duda.

—Claro, tu trabajo —dijo él, echándose a un lado para que ella pasase—. Está aún en la mesa del cuarto de estar. Voy a por él.

—No... quiero decir... sí, por favor... Pero no he vuelto aquí por eso.

—¡Oh!

—Sólo... necesito que sepas algo.

Rion se acercó un poco a ella y asintió con la cabeza, mirándola fijamente, para que viera que tenía toda su atención.

–Necesito que sepas que la razón por la que te dije que no quería tener un hijo tuyo no tenía nada que ver con tu pasado humilde.

–Lo sé –dijo él en voz baja.

–Bueno, no quería que pudieras pensar que...

–No, no temas –le interrumpió él, y luego añadió al ver el incómodo silencio que se había producido–. Voy entonces a traerte esos papeles.

Rion desapareció por el pasillo, dejando a Libby aterrada, mirándose por el espejo que había en la pared de enfrente. «Muy bien, Libby. Tienes una gran facilidad para expresar tus sentimientos», parecía decirle con ironía la otra Libby del espejo.

Él volvió rápidamente con las manos llenas de folletos y notas, pero ella ni siquiera se fijó en ellos.

–De hecho –dijo ella de repente armándose valor–. No querría que ningún hombre más que tú fuera el padre de mis hijos. Ésa fue una de las razones por las que me casé contigo.

«Y una de las razones por las que me volvería a casar contigo otra vez mañana mismo», estuvo a punto de decir, pero prefirió callarse porque juzgó que sonaba ridículo, teniendo en cuenta que tenía un taxi esperándola afuera para llevarla al aeropuerto con la maleta que contenía los papeles del divorcio que le alejarían para siempre de su vida.

«Una de las razones por las que me casé contigo», se repitió Rion. Sí, quizá eso fuese verdad entonces, antes de que se diera cuenta de que el matrimonio y la familia no podían hacerla feliz.

–No tienes que darme explicaciones. Sé que el matrimonio no te haría nunca feliz. Me ha costado mucho tiempo comprenderlo, pero ahora sé que la libertad y la independencia son las únicas cosas importantes para ti.

Ella le miró sorprendida, con el corazón en un puño. ¿Ésa era la razón por la que él pensaba que ella no quería tener un hijo suyo?

–Creo que no lo has entendido, Rion –dijo ella negando con la cabeza, contenta de tener la oportunidad de dejar las cosas claras–. Por extraño que parezca, las únicas veces que me he sentido realmente libre en la vida han sido cuando estaba contigo.

El día de su boda. La noche que hicieron el amor allí mismo. Dentro del ascensor.

–¿Entonces por qué te vas? –dijo él, con la respiración entrecortada, dando un paso hacia ella.

Ella bajó los ojos con las lágrimas asomando por entre los párpados.

–Porque en todas esas ocasiones en que me sentía tan libre, pensaba que tú podrías llegar a amarme alguna vez tanto como yo te amo a ti... como te he amado toda la vida desde que tenía quince años, con una entrega tan grande que cuando no estoy contigo me siento como si estuviera viva sólo una mitad de mí.

–¿Y tú crees que yo no te amo igual? –dijo Rion, tratando de contener sus propias lágrimas, incapaz de creer lo que estaba oyendo.

Pero Libby no le estaba mirando a los ojos. Estaba mirando al suelo, ahogando sus propios sollozos.

–No, creo que no. Tal vez sentiste por mí una atracción pasajera en otro tiempo, cuando yo, como hija del jefe, suponía para ti un reto, pero...

Rion se acercó un poco más a ella. Estaba apenas a medio metro. Le puso el dedo índice en la barbilla, le alzó la cabeza y le apartó el pelo de la cara para que no pudiera esconder la mirada.

–¿Una atracción pasajera? –repitió él, con aire de incredulidad–. ¿De verdad crees que lo que siento por ti es una atracción pasajera? No sabes cuántas veces, desde que te fuiste, he deseado que fuera sólo eso. Así, podría haberte olvidado y no haber estado todos los días sufriendo, esperando que volvieras al día siguiente. No, nunca he podido olvidarte, Libby. Te deseo tanto que cuando estoy contigo apenas puedo controlarme, y me siento avergonzado.

—¿Avergonzado? ¿Avergonzado, por qué?

—Porque tú eres mi esposa y no te mereces que yo trate de satisfacer contigo mi propio placer, sin tenerte la consideración y el respeto debido, como si fuera un muchacho de los barrios bajos. Que es lo que soy.

Libby se quedó boquiabierta y con el ritmo cardiaco acelerado. ¡Dios mío! ¡Dios mío! Ella había dado por hecho que su comportamiento en la cama era porque ya no la deseaba, cuando realmente había sido porque él quería demostrarla así su respeto y consideración.

—Yo quería que tú gozaras conmigo de igual modo que yo contigo. Quería experimentar todas las sensaciones compartiéndolas contigo, a tu lado. Eso es lo que debe ser un matrimonio, ¿no?

Rion asintió con la cabeza, entendiendo por primera vez el daño que, sin querer, había hecho a su matrimonio todas esas noches que había estado trabajando hasta muy tarde, sin darse cuenta de que a ella no le importaba el dinero sino estar con él.

—Sí, tienes razón, he tardado en darme cuenta de que estaba equivocado con esa obsesión mía de querer hacer las cosas por mi cuenta. Después de la... —la voz de Rion se quebró de la emoción—. Después de la muerte de Jason, estaba decidido a no malgastar un solo momento de mi vida, de esa vida que a él se le había negado. Quería triunfar en los negocios para demostrar a los hombres como Spyros que estaban equivocados. Quería poderte dar la vida que te merecías. Estaba tan obsesionado con todas esas cosas que no se me ocurrió pensar que lo importante realmente era compartir las experiencias e inquietudes con la persona que se ama.

Ella sonrió dulcemente y asintió con la cabeza, tratando de contener su exaltación.

–Apuesto a que, si Jason pudiera decirte lo que más echaba de menos, no sería ninguna de todas esas cosas que tú andabas buscando, sino estar ahora aquí a tu lado y compartir su vida contigo.

–Sí –dijo él con una suave sonrisa–. Siento no haber sabido compartir mi vida contigo, Libby. Me gustaría... –miró los folletos que aún tenía en la mano derecha y los dejó en el alféizar de la ventana–. Me gustaría poder haber vivido nuestros sueños juntos.

Libby clavó la mirada en sus ojos marrones de color chocolate líquido, y dejó que esa vez su corazón se desbocara. Y al hacerlo, todas las heridas que había sufrido a lo largo de esos años comenzaron a sanar, como si las hubieran aplicado algún ungüento milagroso. La esperanza había renacido. No, era algo más que la esperanza: era la fe. No sabía bien cómo había sido posible, pero sabía que no era un sueño, era un realidad. Una realidad que podía tocar y sentir.

Empujó lentamente la puerta con la espalda hasta que se oyó el chasquido del pestillo. Esa vez, el ruido les pareció a los dos el sonido más maravilloso que habían oído en su vida. Luego, ella metió la mano en el bolsillo delantero de la maleta y sacó los papeles del divorcio.

–Yo también siento no haber estado preparada entonces para compartir mi vida contigo. Estaba tan preocupada conmigo misma que no tenía tiempo para tratar de comprenderte. Pero no veo ninguna razón por la que no podamos intentarlo ahora de nuevo, ¿no te parece?

Los ojos de Rion cobraron un brillo especial. Ésa era la confirmación definitiva que ella necesitaba. Él no había firmado la petición de divorcio porque lo desease, la había firmado porque la amaba, porque había pensado que eso era lo que ella quería. Pero se había equivocado. Lo que ella siempre había querido era compartir su vida con él. Presa de euforia, Libby tomó la demanda de divorcio en las manos y la rompió en mil pedazos, arrojándolos al aire para verlos caer luego como si fuera una lluvia de confeti o de nieve.

Rion, sonriendo, se pegó casi a ella y le rodeó la cintura con las manos.

–¡Espera! Tengo más cosas que tirar –dijo ella, metiendo de nuevo la mano en el bolsillo de la maleta y sacando el sobre de aluminio de las píldoras.

Rion la miró con una mezcla de sorpresa y alegría.

–Nada me complacería más que tener un hijo contigo, Libby, pero... te importaría si esperásemos un poco. ¡Hay tantas cosas que quiero que hagamos antes!

–¡Oh! –exclamó ella radiante de gozo–. ¿Te refieres a investigar algunas «experiencias Delikaris» para dos? Por supuesto, estaría encantada, Rion –dijo ella con una sonrisa pícara.

–¿Estás segura?

–Nunca he estado más segura de nada en mi vida –le susurró ella al oído, pasándole los brazos por el cuello.

–Entonces, creo que tengo mucho trabajo por delante.

–¿Trabajo? –dijo ella arqueando una ceja.

–Sí. Hay una cosa de la que deberías estar más segura que nada en la vida –dijo él sonriendo abiertamente, agarrándole de las muñecas y apretándola suavemente contra la pared–. Y es que esto no es una atracción pasajera. Esto es amor, *gineka mou*. Pero no te preocupes. Tengo intención de pasarme el resto de mi vida convenciéndote de ello.

Y, tras decir eso, la besó con más pasión de la que ella jamás había soñado. Una pasión equiparable a la suya y que iba acompañada por la mayor sensación de libertad que ella había conocido. La libertad de amar y ser amada.

Bianca™

*No era tan inmune a sus encantos masculinos
como fingía ser*

Toni George necesitaba un trabajo para pagar las deudas de juego que su difunto marido había acumulado en secreto. Con dos gemelas pequeñas que alimentar, no tuvo más remedio que aceptar un trabajo con Steel Landry, un famoso rompecorazones.

Steel se sintió intrigado y algo más que atraído por la bella Toni, aunque sabía que estaba fuera de su alcance...

Deuda del corazón

Helen Brooks

¡YA EN TU PUNTO DE VENTA!

Acepte 2 de nuestras mejores novelas de amor GRATIS

¡Y reciba un regalo sorpresa!

Oferta especial de tiempo limitado

Rellene el cupón y envíelo a
Harlequin Reader Service®
3010 Walden Ave.
P.O. Box 1867
Buffalo, N.Y. 14240-1867

¡Si! Por favor, envíenme 2 novelas de amor de Harlequin (1 Bianca® y 1 Deseo®) gratis, más el regalo sorpresa. Luego remítanme 4 novelas nuevas todos los meses, las cuales recibiré mucho antes de que aparezcan en librerías, y factúrenme al bajo precio de $3,24 cada una, más $0,25 por envío e impuesto de ventas, si corresponde*. Este es el precio total, y es un ahorro de casi el 20% sobre el precio de portada. !Una oferta excelente! Entiendo que el hecho de aceptar estos libros y el regalo no me obliga en forma alguna a la compra de libros adicionales. Y también que puedo devolver cualquier envío y cancelar en cualquier momento. Aún si decido no comprar ningún otro libro de Harlequin, los 2 libros gratis y el regalo sorpresa son míos para siempre.

416 LBN DU7N

Nombre y apellido	(Por favor, letra de molde)	
Dirección	Apartamento No.	
Ciudad	Estado	Zona postal

Esta oferta se limita a un pedido por hogar y no está disponible para los subscriptores actuales de Deseo® y Bianca®.
*Los términos y precios quedan sujetos a cambios sin aviso previo.
Impuestos de ventas aplican en N.Y.

SPN-03

©2003 Harlequin Enterprises Limited

Deseo™

Con este anillo…

NATALIE ANDERSON

Ana no se podía creer su buena suerte cuando el irresistiblemente sexy Sebastian Rentoul le propuso matrimonio. Él no la hacía sentir como una larguirucha desgarbada y torpe, sino como una supermodelo despampanante y deseable. Hasta que se dio cuenta de que ser su mujer no significaba tener su amor.

Ana pidió el divorcio y siguió con su vida. Pero Seb, fascinado más que nunca por su reticente mujer, decidió asegurarse de que ella entendiera cuánto placer se estaba perdiendo.

Para amarte, honrarte…
y desobedecerte

¡YA EN TU PUNTO DE VENTA!

Bianca™

*El deber hacia su reino le impedía dejarse llevar
por la pasión...*

Francesca se quedó sor-
prendida cuando Zahid al
Hakam, un amigo de la familia, apareció en la puerta de
su casa. Después de todo,
ahora era el jeque de Kha-
yarzah y debía de estar acostumbrado a moverse en
otros ambientes. Seguía tan
atractivo como siempre y
ella se sintió tentada a aceptar su invitación de ir a trabajar con él a su país.

Zahid descubrió que la
desgarbada adolescente que
él conoció se había convertido en toda una belleza. ¿Sería justo tener una aventura
secreta con ella?

El rey de las arenas

Sharon Kendrick

¡YA EN TU PUNTO DE VENTA!